Puta
por Siempre

PERLA GIZEM

ISBN: 0-9998365-6-0
ISBN-13: 978-0-9998365-6-9

DEDICATORIA

Para todas esas mujeres que están comenzando una nueva vida. Aunque la incertidumbre las arrope, el camino será uno de aprendizaje y vivencias que nadie quitará.

CONTENIDO

Leer nunca pasará de moda… ❤

1. EN EL CLUB

Frances nunca había sido una fumadora. De hecho, nunca había sentido si quiera la tentación de probarlo. Y a este vicio se le sumaban los otros. Las apuestas, el alcohol, el sexo fuera del matrimonio; siempre se mantuvo alejada de todo ello. Pero el que especialmente nunca había sido capaz de soportar era el cigarro. Por eso, cuando Becky tomó uno de un paquete que había comprado hace unos días junto a un encendedor barato, Frances se sobresaltó.

-¡Rebecca! ¿Qué haces con eso?

Becky, quien había acercado la punta del cigarro hasta las llamas del encendedor, se detuvo en seguida, y observó por un largo rato a Frances, con los ojos bien abiertos. A pesar de que ella sabía muy bien que Frances detestaba esos pequeños rollos de papel y tabaco, su rostro enseñaba una expresión de sorpresa ante el regaño.

-¿Qué? —dijo, haciendo un pequeño y rápido movimiento con su cabeza que dejó el cigarrillo tambaleándose entre sus labios.

-Sabes que odio eso —contestó Frances. Estiró su mano y le arrebató el cigarro de la boca de su amiga, junto al encendedor que tenía en la mano. Como no quería dejarlo en la mesa para que pensaran que era de ella, procedió a guardarlo en su bolso, el cual colgaba de su silla. Entonces, se volteó a encarar a Becky-. ¿Desde cuándo fumas?

-Hace unos días compré mi primer paquete —admitió Becky, pero no parecía que hubiera siquiera un atisbo de vergüenza en el tono de su voz. Incluso Frances sintió que estaba a punto de sonreír con picardía-. No sé, sentí con ganas de probar algo nuevo.

-¡Sabes que eso es terrible para…!

-Tu salud, sí, sí, lo sé —Dijo Becky, terminando aquella frase de su amiga que tanto había escuchado antes, aunque nunca dirigida hacia ella. Dejó escapar una bocanada de aire, y

1

bajó la mirada-. Igual quise probarlo, Fran.

-¿Por qué? —preguntó Frances, con un tono de voz más calmado.

-No lo sé. ¿No sientes a veces que la vida se va? ¿Qué un día morirás y no habrás vivido nada de las cosas que te prohibiste? ¿Qué serás una vieja llena de arrepentimientos, de más deseos insatisfechos que agradables recuerdos?

-Rebecca, estás alzando la voz otra vez —Intentó decir Frances en voz baja, con una mano intentando cubrir su rostro.

Todas las personas del restaurante se habían volteado a escuchar el discurso de Becky. Normalmente, esto sólo le causaría un mínimo de vergüenza a Frances, pero ese restaurante quedaba ubicado en el Club Campestre Esmeralda, el mismo club en el que se encontraba toda la vida social de Frances, tanto amigos como enemigos. Patty Desmond, Roberta Cunningham, Tracy Reverte, todas demonios del infierno que habían sido puestos en esta tierra para poner a prueba la paciencia y tolerancia de Frances, fallando un poco en la segunda. Y claro, podía soportar sus conversaciones banales y corteses, las cuales escondían decenas de afilados insultos, pero no ayudaba en nada que Becky les diera material de qué hablar.

-Descubrí mi mayor temor hace poco, Fran, y es el de morir sin haber nunca vivido —Becky se levantó de su asiento, y alzó aún más la voz- ¿Acaso no sientes lo mismo que yo?

-No. Ahora, por favor, siéntate —suplicó Frances, en vano-. Estás llamando la atención…

-¡No me importa! —gritó Becky de repente, y si había alguien que no se hubiera volteado aún, lo hizo en ese instante. La sala se calló por completo, e incluso los camareros se detuvieron para ver que ocurría-. ¡Este lugar nos está matando poco a poco! ¡No quiero seguir siendo parte de todo esto!

-¡Rebecca! ¡Por favor!

-Quédate tú si quieres —dijo Becky, y con estas palabras, tomó su bolso y se marchó por la puerta principal del restaurante, dejando un rastro de miradas detrás de ella.

Miradas que, una vez que el objeto de su atención se había marchado, se posaron sobre Frances como aves de presa que buscan la vergüenza como si fuera un inocente roedor. Frances no podía sino hundirse en ella misma.

Tras buscar una excusa con el camarero y pagar el té verde que hace unos minutos habían estado compartiendo ella y su amiga Becky tan plácidamente, Frances salió con paso rápido del restaurante, casi olvidando su bolso. Así como las miradas habían seguido a Becky al salir, a Frances le habían tocado las risas.

Esperando a que llegara el taxi que había llamado desde su celular, Frances se quedó de pie frente a las puertas del Club Campestre Esmeralda. Había estado examinando el cigarro y el encendedor que le había quitado a su amiga. "¿Qué ocurrió ahí adentro?", pensó Frances. "Ella nunca se ha comportado de esta manera. Becky siempre ha sido tan tímida y recatada…". Las pequeñas motas negras empezaron a deslizarse del papel debido al continuo movimiento del cigarrillo entre los dedos de Frances.

Sus pensamientos se vieron interrumpidos por el sonido de risas maliciosas que llenaban el ambiente. Risas que Frances conocía muy bien. Era la clase de sonido que sólo podían producir harpías del infierno, o brujas en un cuadro de Francisco Goya. Roberta Cunningham representaba todo lo tóxico que había en el Club Campestre. Frances siempre pensó que aquel lugar podía ser un centro donde compartieran los mejores individuos de la sociedad. Desafortunadamente, Roberta era hija de uno de los fundadores del club, haciendo que el deseo de Frances se fuera desvaneciendo lentamente.

   -¡Frances! No vi que estabas ahí de pie. ¿Se accidentó tu chofer de nuevo? –preguntó Roberta con un aire sarcástico rodeándola. Entonces, echó la cabeza hacia atrás y le dio vuelta a sus ojos-. Cierto, se me olvidaba que no tienes chofer personal.

Las dos mujeres detrás de Roberta empezaron a reírse por debajo. Frances detestaba a las gemelas Thompson casi tanto como a Roberta, pero sabía que sólo eran seguidoras. Frances decidió poner su mejor sonrisa y seguirle el juego a su archienemiga.

-Bueno, no se necesita un chofer personal cuando se tiene a un esposo que te busque —contestó Frances, y la falsa sonrisa de Roberta se desmoronó en cuestión de segundos. Las gemelas, por otro lado, arrojaron una exclamación de sorpresa-. Cierto, se me olvidaba que ya no tienes un marido.

Frances se imaginó soplando el humo de una pistola que acababa de disparar. En el duelo verbal entre dos damas, había salido victoriosa. Desde donde estaba parada podía escuchar los dientes de Roberta chirriar de la rabia.

-Vámonos —le dijo Roberta a sus seguidoras, y siguió su camino hacia otra parte del club-. El tiempo que se gasta en mala compañía es tiempo perdido.

-Al menos tengo quien me acompañe —dijo Frances. A pesar de que no era de buen gusto continuar con el divorcio de Roberta, no podía evitar ser quien tuviera la última palabra.

Cunningham se marchó dando grandes pasos, con las gemelas Thompson intentando hacerla sentir mejor durante el trayecto. Unos minutos después llegó el taxi, y Frances agradeció a Dios por no haber dejado que llegara en pleno duelo verbal, pues hubiera arruinado su disparo.

Frances abrió la puerta del asiento trasero, arrojó el bolso color borgoña y luego entró ella. Como era usual, Luc era el conductor de la línea de taxis que siempre iba a buscarla, lo cual lo hacía prácticamente su chofer personal.

-Disculpe la tardanza, señora Kingston —saludó Luc, volteando su cuerpo para que ella pudiera verlo-. No suele llamarme hasta las 3 de la tarde.

-Sí, bueno, hoy tuve que interrumpir mi reunión semanal con Rebecca —contestó Frances, con algo de disgusto en su tono de voz.

-¿Quiere hablar de ello?

-No, Luc, y no creo que deba meterse en lo que no le incumbe —Esta vez, el tono de disgusto iba dirigido hacia su chofer casi personal-. Sólo llévame a mi casa.

En voz baja, para que no pudiera ser escuchado, Luc replicó el maullido de un gato, como queriendo decir que Frances tenía ganas de pelear con alguien, y no era mentira. Ella lo escuchó, pero pretendió que no. Aunque le hubiera gustado deshacerse de Luc y conseguir otra línea de taxis, él era un buen chofer que ya sabía la dirección de su casa de memoria. Además, su auto negro no parecía el de un taxista, dando la ilusión de que Frances sí tenía un chofer personal. Y si había algo que fuera importante mantener en el club eran las apariencias.

El auto arrancó, y pasaron por las mismas avenidas de las que Frances ya estaba tan acostumbrada. De vez en cuando, podía notar que Luc la observaba a través del espejo retrovisor, como si no quisiera hacerlo pero no pudiera evitarlo. "Es un pervertido, nada más" pensó Frances, y desvió la mirada hacia la nada, a través de la ventana, igual que había hecho en los viajes anteriores en que Luc había practicado su voyerismo secreto, perdiendo su tiempo en fantasías, pues Frances nunca sería capaz de estar con otro hombre que no fuera Jonathan Kingston.

A diferencia de las apariencias del Club Campestre, Frances sí era un modelo de rectitud y buena moral que deberían de seguir todos los miembros del club o, al menos, eso pensaba ella. Donde otras personas ocultaban sus matrimonios fallidos, sus malas conductas, sus vicios, Frances no tenía nada que esconder. De vez en cuando era orgullosa, de vez en cuando mentía, de vez en cuando tenía ganas de pelear con alguien. Pero nunca había sentido la necesidad de sacudir los pilares que fundaron su pequeño círculo social, y dentro de él, ella se sentía como una reina. Y a pesar de que Rebecca era la única que sabía que Frances era ese modelo, que no tenía vicios que esconder, había actuado de esa manera y había decidido explotar frente a todos. ¿Qué había ocurrido? "Ella dijo quédate tú si quieres" pensó Frances. "¿Qué quiso decir con eso? ¿Está pensando en abandonar el Club Campestre? ¿O está pensando abandonarme a mí?" Esa última pregunta era, para Frances, un concepto inconcebible.

Finalmente, el taxi se detuvo frente a la gran casa de arquitectura americana, con dos pisos y valla de color blanco, y con una fachada amarilla limón, repleta de colores pasteles. "Hogar, dulce hogar", pensó Frances. No había ni un ápice de corrupción del Club Campestre que pudiera tocar su morada.

La señora del hogar buscó unos billetes sueltos que tenía en su bolso y se los dio a Luc, casi con una expresión de disgusto. Se bajó del auto y cerró la puerta detrás de ella. Se arremangó la correa del bolso y caminó por encima de las pequeñas piedras planas que hacían un trayecto hasta su casa.

-¡Hasta luego, señora Kingston! —se despidió Luc, moviendo su mano en señal de un adiós que sabía que Frances no contestaría-. Hasta la próxima.

Frances siguió caminando, ignorando el auto que arrancaba detrás. Y en su onda de ignorar a personas que no considerara que no estuvieran en su nivel, pasó cerca del nuevo jardinero, cuyo nombre desconocía pero que, al igual que Luc, le dirigía miradas de placer, excepto que las de él no eran culposas.

Tras lanzar un sonoro "¡Ugh!", Frances abrió la puerta de su santo hogar con su juego de llaves, y se detuvo un segundo para absorber al aire de pureza que siempre la recibía. Excepto que esta vez, no encontró esa misma esencia que flotaba todos los días. Esta vez, encontró unos pantalones en el suelo, al lado de la escalera. Pantalones marrón claro, con una correa negra que había sido desabrochada sin mucha ceremonia. Pantalones que le pertenecían a Jonathan Kingston, y que debían de haber estado cubriendo sus piernas hace no mucho. La visión de esos pantalones metió a Frances en un estado onírico, en donde sentía que se abría paso en un mundo cubierto de niebla. Dio un paso, lentamente, y luego otro. Atravesó la sala principal, dejando el pantalón en el suelo, y posó su mano en la baranda de la escalera. Tomó aire, y subió el primer escalón. Al llegar al tercero, encontró un sostén rosa que se asomaba al final de la escalera, en el último escalón, como si se intentara esconder de ella. Un sostén que no le era familiar, que nunca la había abrasado.

Frances subió el resto de la escalera con prisa, y retomó su calma al escuchar unos sonidos claros que conocía, pero que sin embargo les eran extraños. Pasando el sostén rosa y cruzando hacia el pasillo de la izquierda, se observaban paredes blancas cubiertas de cuadros de una pareja sin hijos, muy reconocida y apreciada en la comunidad, conocida como los Kingstons. El suelo alfombrado en azul estaba lleno de restos de lo que antes había sido parte de la vestimenta de un hombre y una mujer. Una camisa azul de hombre, desabotonada y sacada a la fuerza, al lado de la puerta del baño. Un vestido amarillo, igual que la fachada de su hogar, pero que no le pertenecía a Frances. Y al final del pasillo, una puerta entreabierta, que no dejaba ver nada, pero donde salían esos extraños sonidos. Frances reconocía la mitad de los gemidos. Eran los de su esposo con alguien más.

Tragando saliva, recorrió el pasillo con lentitud, como si fuera un cementerio del pudor y el buen comportamiento, lista para lo que se avecinaba. Abrió la puerta, no de golpe como se había imaginado que haría si ocurría algo parecido, sino lentamente, como si fuera el viento que deseaba entrar en la habitación.

El cuarto principal estaba ocupado. Su cama estaba ocupada. Su esposo estaba… ocupado. Reconoció su espalda, llena de pelos fuertes y negros, y que resaltaban su color por el sudor. Reconoció su ausencia de cabello en la cabeza, su abundancia de cabello en la nuca, sus fuertes y gordas extremidades, aferrándose a alguien más. Y claro, su culo, prensado, haciendo un gran esfuerzo para moverse hacia atrás y hacia adelante.

No podía ver a la mujer que tenía enfrente de él, pero sabía que se trataba de María, la cuidadora que se encargaba de la limpieza del hogar. A pesar de que no podía verla, Frances se imaginó la posición en la que se encontraba. Observó con detenimiento sus piernas gruesas y esbeltas, que demostraban una vida de trabajos manuales. Podía ver sus generosos senos colgando, y las manos de Jonathan Kingston aferrándose a ellos, a medida que la penetraba con fuerza. Cada vez que él arremetía con fuerza contra ella, María soltaba un sensual gemido que debía de producirle toda cantidad de emociones excitantes a Jonathan, el cual contestaba con gruñidos de placer. Era un estado de lujuria que Frances nunca había sido capaz de producir en él, ni siquiera cuando eran una joven pareja. Un estado de lujuria que ni siquiera Frances había sido capaz de conseguir en su santo derecho dentro del matrimonio.

Ella no estaba lista para enfrentarse a todo eso. La caída de sus creencias, de su estándar en la comunidad, de su deber como esposa. Aprovechó que no la habían visto, y como el viento que había sido, se regresó por donde había venido y salió de la habitación. Se regresó por el pasillo, dejando detrás de sí no risas, como había ocurrido en el Club Campestre, sino gemidos, y estos se sentían más como burlas que lo otro.

Al llegar al pie de la escalera, escuchó la puerta de su habitación que se abría. Los gemidos se habían detenido. Frances se volteó, y observó a su marido de pie, desnudo, aferrándose a la puerta, observándola con una mirada de pánico en sus ojos.

-¿Fran? —Alcanzó a decir su marido, y ella bajó corriendo la escalera.

Cruzó con rapidez la sala principal, y salió hasta el patio frontal de su casa, con el aire escapándose precipitadamente de sus pulmones. Sintió la mirada del nuevo jardinero, pero no le importó. Sabía que tenía que seguir corriendo. A grandes pasos, llegó hasta la calle.

-¿Está usted bien, señorita Kingston? —escuchó que decía el jardinero, pero Frances tan sólo siguió caminando con prisa-. ¿Señorita Kingston?

Frances no tenía tiempo para nadie. Tenía que seguir avanzando, aunque no sabía hacia dónde la estaban llevando sus pies. Continuó por el asfalto, y al ver a los carros pasar tan cerca de ella, se movió hasta la acera y siguió avanzando, primero caminando con prisa y luego corriendo. Sentía el aire golpear su rostro, tal vez debido al sudor de tanto correr o las lágrimas de su rostro; no lo sabía. Sentía el golpeteo de su cartera en un costado, la cual nunca había tenido tiempo de quitarse. Sintió la incomodidad de los zapatos de tacón al correr, y los sintió aún más cuando uno de ellos se rompió.

Frances cayó al suelo, con las manos recibiendo la mayor parte del daño. Por suerte, nadie había visto su caída, y por eso nadie fue a ayudarla. Ahí se quedó un buen rato, al lado de la calle, sentada en el suelo. En todo ese tiempo pasaron unos niños en bicicletas y una señora mayor que paseaba a un perro salchicha, pero para Frances era como si hubiera estado completamente sola. Sostuvo su zapato beige en el aire, con el tacón apuntando a un lado, y luego lo arrojó a un bote de basura, sin logar encestarlo. Pasó mucho tiempo en estado de *shock*, observando el negro suelo del asfalto, sin ser capaz de procesar lo que había ocurrido.

Entonces, sus manos decidieron actuar por su cuenta, más allá de su control. Buscaron a tientas su bolso marrón, el cual había quedado cerca de donde había caído. Abrió el cierre y tomó el cigarro doblado y el encendedor que le había quitado a Becky. Los mantuvo en sus manos por un buen rato, pasando los ojos de un objeto al otro. Así como sus manos se habían declarado en rebeldía, sus labios y sus pulmones la traicionaron de la misma forma. Se colocó la colilla de cigarro en la boca, y lo encendió. Aspiró la bocanada de humo, y sintió como la llenaba por completo. Sólo entonces, sintió el primer atisbo de tranquilidad.

2. REFUGIO

Becky se había servido su tercera Margarita cuando escuchó el sonido del timbre, llamando a la puerta. Levantándose de su asiento y dando tumbos al chocar con los muebles de flores de su sala de estar, al chocar con los zapatos que había dejado tirado por el suelo y al chocar con su gordo y vago Cocker Spaniel llamado Tracy (a pesar de ser macho), por fin llegó a la puerta. Miró a través de la mirilla, y vio la imagen de una mujer destruida frente a su puerta.

"Mierda" pensó Becky. Aspiró aire y lo exhaló, con la esperanza de que eso la hiciera parecer más sobria, un ejercicio en vano debido a su aliento que hacía que los perros del vecino olfatearan a tan larga distancia y en respuesta ladraran sin cesar. Puso su mejor sonrisa con su peor esfuerzo, y abrió la puerta.

-¡Frances! ¿Qué haces aquí? –saludó, intentando ser amable a pesar del disgusto que ambas se habían llevado en el Club Campestre.

-Necesitamos hablar...

Frances la hizo a un lado, y entró en la casa antes de que Becky pudiera invitarla adentro.

-Puedes pasar, supongo... -contestó Becky con un suspiro. Cerró la puerta, se dio media vuelta y caminó hasta la sala de paredes verdes chillonas-. Escucha, lo que pasó en el club... es algo que lleva tiempo germinando dentro de mí...

-¡No quiero hablar de eso! –contestó Frances, alzando la voz, y luego deteniéndose para arrepentirse de su forma de hablar. Claramente estaba alterada, y Becky podía notarlo-. Acabo de correr desde mi casa hasta aquí.

-¡Dios, Fran! –exclamó Becky, llevando las manos a su boca. Caminó hasta el gabinete de licores, sabiendo que esta sería una larga conversación-. ¿Qué te hizo cometer un acto tan detestable como lo es ejercitarse?

-Estaba huyendo, Rebecca. Jonathan.... –Intentó decir Frances, y en seguida empezó a llorar, sin ser capaz de terminar su frase.

Becky se quedó de pie un buen rato, con un vaso vacío de whiskey. Llevaba tiempo pensando en si debía servir un trago o no, pero luego recordó que Frances no bebía alcohol, y ella ya tenía una Margarita esperándola en la pequeña mesita al lado del sofá donde lloraba su mejor amiga.

En ese momento en que Becky se quedó congelada pensando en qué licores ofrecer y qué licores beber, se dio cuenta de que en todo el tiempo que tenía desde que conocía a Frances nunca la había visto llorar. Si bien le conmovía ver a su mejor y única amiga (aun si su relación era más una "supervivencia social" en lugar de una amistad) en ese estado de desgracia, lo que se robaba la atención de Becky era la sorpresa de presenciar un acto tan insólito como era el de ver a Frances Kingston llorar.

Becky dejó los licores donde estaban, cerró el gabinete y se acomodó entre su triste y pobre amiga y su salado y dulce trago.

-¿Qué ocurrió, querida? —preguntó Becky, con una mano palmeando la espalda de Frances y con la otra sosteniendo la copa de la Margarita frente a sus labios, deseosa de dar un trago después de hablar-. ¿Te golpeó?

-No, no fue eso.

-¿Te forzó de manera indebida?

-No, para nada.

-¿Te intentó vender como esclava sexual para pagar sus deudas tras una noche de bebidas y malas decisiones en el Casino Birmania?

-¡Dios, no, Rebecca! —exclamó Frances, apartándose de Becky hasta sentarse en el otro extremo del sofá, con un cojín en medio de las dos-. ¿Qué te sucede? ¡Eso fue muy específico!

Becky no contestó, excusándose de la falta de respuesta al estar tomando justo cuando debía responder, aunque la mirada que apuntaba a un lado indicaba que nunca había tenido la intención de dar explicaciones.

Frances decidió ignorar aquel destello de la vida nocturna de Rebecca y, francamente, debía de ser lo mejor.

-No, Rebecca. Jonathan... me engañó con María —dijo Frances por fin, desviando la mirada hacia un lado para que no se notara el dolor en sus ojos.

-¿La criada? —preguntó Becky, encogiéndose de hombros. No parecía haber sorpresa en su tono de voz-. Ya iba siendo hora de que los descubrieran.

En ese momento, la tristeza de Frances se hizo a un lado para dar lugar a una ira profunda y a duras penas encadenada, a punto de desatarse sobre Becky. Ella, quien ya había sido víctima de arrebatos de Frances debido a lo que parecía una obsesión de empujar al lado incorrecto de vivir a ojos de su amiga, decidió que lo mejor era volver a mirar hacia un lado, igual que antes, sin ganas algunas de dar explicaciones. Pero claro, Frances no iba a aceptar el silencio como una respuesta.

-¿Qué quieres decir con que "ya iba siendo hora", Rebecca?

-Bueno, no es ningún secreto que Jonny le tiene ganas a la chica de la limpieza desde hace tiempo. David y él lo comentan todo el tiempo. Y bueno, sabes como es. David me lo dice a mí, él se lo dice a sus amigos del Club Campestre, ellos se lo dicen a sus esposas, y... me estoy dando cuenta de que estoy hablando de más, ¿cierto? —Becky empezó a hablar cada vez más rápido. Soltó una sonrisa fingida, que en vano intentaba cubrir sus nervios. Se puso de pie, caminando de espaldas, chocando con los mismos muebles con los que había chocado antes-. Ese siempre ha sido mi defecto, ¿sabes? Hablo, hablo y hablo, y pareciera que no puedo detenerme. Hablando de David, debería llegar en una hora, y me gustaría tenerle la cena preparada. Qué clase de esposa no espera a su marido con comida caliente, ¿cierto? En fin, te acompaño hasta... la... puerta...

Frances se había puesto en pie, encolerizada en diferentes tonalidades de rojo. Había caminado la sala de estar, apartando los muebles con los que Becky había tropezado, hasta estar frente a frente con ella.

-¡Rebecca! ¡Podría…! ¡Podría…! —Las palabras parecían escaparse de la boca de Frances, escupidas con rabia. Becky entrecerraba los ojos, con las manos en alto, como si esperaba un golpe en el rostro-. ¡Podría… yo…!

Pero entonces, la ira de Frances se disipó de golpe. Su vida se había estrellado contra el suelo como una figurilla de porcelana que caía desde un mesón, y no parecía que tuviera reparo alguno. Se quedó muda, observando la terrible realización que era el entender que nada de eso importaba. Los rumores, los qué dirán, su reputación como ama de casa íntegra… nada de eso importaba ya. Y como a cualquier persona cuyas creencias se han derrumbado, ella se derrumbó con ellas. Frances cayó hacia atrás, y hubiera chocado contra el suelo de no ser por la cercanía del sofá, en el cual se desplomó.

Becky, por otro lado, observaba con cautela y sorpresa el cambio de expresiones de una Frances en estado de *shock*. Le dio una rápida mirada de arriba abajo: la larga falda que casi tocaba sus talones, el peinado arreglado y amarrado en un moño sin ilusiones de desatarse, el sweater color vino tinto que no dejaba lugar para la imaginación masculina, y un collar de perlas como símbolo de la supremacía y la opresión suburbana. Ante esta imagen, Becky sintió algo que nunca había sentido por su amiga. Sintió pena.

-Ya que estás metiendo un dedo en el charco de la verdad, es hora de que te diga que más que un charco, es un lago —dijo Becky, tras pensar rápidamente qué decir para calmar a su amiga-. De hecho, cuando se trata de ti, es más como el Océano Pacífico.

Frances se volteó a verla, con una expresión que indicaba "¿qué quieres decir con eso?", aunque no parecía que ella estuviera dispuesta a producir sonido alguno.

-Pues… si quieres que te sea honesta… pienso que

13

eres aburrida –dijo Becky al fin.

-¿Aburrida? –Frances repetía la palabra como si fuera un eco.

-Para ponerlo suavemente. Eres frígida, de mente cerrada, chapada a la antigua, temperamental, con ideas tan arcaicas que hacen que la generación pasada voltee los ojos.

-Bien, soy una persona terrible. ¿Cuál es tu punto?

-Mi punto es… que esa persona terrible es una consecuencia de la vida que llevabas dentro del Club Campestre. Querida… -En ese punto, Becky tomó las manos de Frances entre las suyas, la cual le dirigió una mirada de incomodidad-. Hay más en esta vida que mantener un buen estándar frente al pequeño, diminuto, de veras minúsculo mundo que es el Club Campestre Esmeralda.

-Siento que tienes algo más que decir a juzgar por tu énfasis en el tamaño de mi mundo –contestó Frances con un sutil tono de sarcasmo.

-Una proposición, de hecho –Becky sonrió con complicidad, como si estuviera esperando a que Frances llegara a ese punto-. Quiero que salgas conmigo esta noche.

-No. De ninguna manera.

Frances se levantó del sofá, con las manos en alto, como si hubiera dado cuenta de que estaba en medio de una situación ilegal y buscara escaparse. Becky se interpuso entre ella y la puerta de salida, justo en el marco que dividía la sala de estar con la sala de llegada.

-¡Vamos, Fran! ¡Será divertido! –Becky apoyó sus manos a los lados de su cadera-. Hay vida nocturna más allá de las 9, ¿sabes? ¡No todos se van a dormir!

-Es una idea ridícula, Becky. Mi matrimonio acaba de terminar, hace tan sólo unas horas. Tengo mucho que hacer. Tengo que llamar a mi abogado, a mi familia, y asegurarme de que… de que… -Frances entonces empezó a tartamudear, pues sus pensamientos chocaban contra sus palabras al darse cuenta de que no sabía si tenía un lugar al que volver-. De que… Jonathan no haya cambiado las cerraduras. O tal vez yo debería cambiarlas. No lo sé.

-Si a mí David me engañara, quisiera que mi mejor amiga me llevara a recorrer la ciudad a buscar un poco de diversión no apta para todo público –Becky colocó sus manos en los hombros de Frances, quien pensó que se iría a desmoronar ante tal muestra de afecto, la cual no iba de acuerdo con las palabras de su amiga–. Confía en mí. Lo que necesitas es un trago. Digo, tragos. En plural. Quiero decir con esto que muchos tragos. Te sentirás más mareada, y menos dolida.

-No lo sé, Rebecca. Tendría que ir a mi casa a buscar un vestido y arreglarme, y no quisiera volver a ese lugar por ahora. Además, ¿y si conozco a alguien que me gusta? ¿Qué puedo hacer? Tengo 44 años, ya mi tiempo para entablar una relación seria pasó…

Las palabras de Frances se escaparon de su boca en una expresión atónita cuando la mano reconfortante de Becky que hacía unos segundos había estado en su hombro, ahora volteaba su cabeza en forma de una bofetada. Frances se quedó muda, con una mano aferrándose a la mejilla enmarcada en rojo por cinco dedos y una palma, con los ojos abiertos de par en par.

-¡Becky! ¿Qué demonios?

-Si es por vestidos o maquillaje, tengo suficiente para las dos. Si quieres que pague por los tragos, por el taxi, puedo cubrirte por lo que sea. Pero si vuelves a usar las palabras "relación" y "seria" en la misma oración, o si sigues creyendo que el amor es sólo para jóvenes prepubertos que no duran más de dos minutos en la cama, entonces te lloverá mi ira en forma de bofetadas –Al decir esto, Becky dio un paso al frente, determinada a apoyar sus acciones a pesar de la ira que pudiera incurrir en su amiga. Frances, por otro lado, dio un paso hacia atrás, asustada por esta nueva persona que le hacía frente–. Soy tu amiga, Fran. Y es mi deber abofetearte cada vez que digas una estupidez.

-Qué buena amiga… -Dijo Frances, sobándose la mejilla, sin ser capaz de sentir ira alguna por la confusión de la situación-. Diablos. Siento que eres una persona desconocida para mí. Pero si es tan importante para ti, vayamos a ver que tienes allá arriba.

La expresión determinada de Becky pasó de un estado de impotencia y autoridad al enfrentarse a Frances a una euforia total por tener la oportunidad de "ser una chica" con una amiga. Su rostro se iluminó por completo. Tomó a su amiga de la mano, y la llevó corriendo hasta las escaleras, las cuales las subió en dos saltos, haciendo que Frances tropezara al no mantener el mismo pasó entusiasmado de Becky. Pero entonces, al llegar al último escalón, ella se detuvo. Se volteó a ver a su amiga con una sonrisa gigante en su rostro que incomodaba a Frances en maneras que no pensó que Becky fuera capaz.

-¿Qué ocurre? –preguntó Frances, mirando a los lados con nerviosismo.

-Me llamaste Becky después de abofetearte.

-¿Qué?

-Siempre me llamas Rebecca. Odio que usen mi nombre completo –Becky bajó la mirada, casi pasando por tristeza, pero no dejaba de sonreír-. Pero hoy me llamaste Becky.

Frances no pudo sino dirigirle una incómoda sonrisa de regreso, pues algo en su vida de rectitud le indicaba que estaba mal tener sentimientos o momentos cálidos con otro ser humano. Al menos, así lo percibía Becky, y no estaba del todo equivocada. Debido a ello, la reacción y la respuesta de Frances no fueron del todo imprevistas.

-Si me vuelves a tocar, te destruiré –Dijo, intentando sonar intimidante, pero fallando por completo. El no haber usado el nombre completo de Becky le había quitado su autoridad de hierro, permitiéndole por primera vez ser un ser humano.

3. EN EL BAR

-Me siento ridícula –dijo Frances, mientras se probaba los diferentes atuendos de Becky en su habitación, como si fueran dos chicas a punto de salir por primera vez.

-¡Tonterías! Te ves divina –contestó Becky, con una animada sonrisa.

-Me siento ridícula –repitió Frances por quinta vez, mientras observaba a través de la ventana del taxi a ningún punto en particular.

-¡Tonterías! Te ves... bien –contestó Becky, con una sonrisa insegura.

-Me siento ridícula –repitió por última Frances, mientras que se mantenía de pie con la vista fija en la entrada del bar Le Monz.

-Sabes, ahora que lo dices, puede que ese no sea el atuendo ideal... -contestó Becky, con una ceja levantada y la boca hacia un lado.

-¡Becky! ¡Me dijiste que esto funcionaría, que debía elegir algo con lo que me sintiera cómoda!

Becky observó de arriba abajo el atuendo que Frances había elegido, el cual se trataba de una camisa blanca remangada, unos *jeans* azules femeninos y unos zapatos amarillo limón para salir en verano. A pesar de tratarse de una combinación sencilla, se trataba del atuendo número cuarenta y siete, y a pesar de que Becky siempre había querido una amiga con la que probarse diferentes atuendos, tras cuarenta y seis intentos fallidos había optado por gritar "¡Sólo elige uno!".

Tras encogerse de hombros, la chica del vestido verde limón y zapatos rosa se acercó hasta su incomodada amiga para pasarle una mano encima de los hombros. Frances tan sólo se sostuvo los codos con las manos y miraba hacia un lado, intentando evitar el contacto visual con las personas que entraban y salían del bar.

-Hey, el atuendo no es nada, créeme. Es la mujer que

se esconde detrás del atuendo lo que importa –Becky tomó la barbilla de Frances, y la obligó a observar la entrada del lugar donde pasarían el resto de la noche-. Y te apuesto a que ningún hombre allá adentro se podrá resistir a nosotras.

-Es fácil para ti decirlo. Tienes el cuerpo de una niña, a pesar de tus cuarenta años…

Con un brusco movimiento, Becky tapó la boca de Frances, mientras que dejaba escapar un sonoro "¡Shhh!" para callarla. Miró hacia los lados, asegurándose de que nadie las había escuchado hablar.

-Nunca, repito, NUNCA menciones mi edad. Ese número está prohibido. Mencionarlo puede arruinar la noche en cuestión de segundos –Becky le dirigió una última mirada enojada a Frances, y luego dejó escapar un suspiro. Entonces, pasó de rodear los hombros de su amiga a pararse delante de ella y tomarle de las manos-. Escucha, Fran, sé que esto es una experiencia nueva para ti, y no vinimos a cometer un crimen. Sólo vamos a divertirnos un poco, ¿sí?

Frances observó detalladamente el rostro de su amiga, desde el cabello negro y liso con su cinta rosada y sus hermosos ojos azul claro, hasta las mejillas rojizas y el excesivo maquillaje que se aseguraba de cubrir la edad que empezaba a rendir cuentas. Frances no se sentía tan confiada como ella, ni tan hermosa. Ni siquiera sentía que era una persona correcta. Apenas hacía unas horas su relación con Jonathan había muerto por siempre, y lo último que quería era arruinar la poca virtud que le quedaba. Pero al menos le debía una a Becky por haberla acompañado en ese momento, y no quería arruinar una noche que aún no había comenzado.

"Un par de tragos y me iré a un hotel a pasar la noche" pensó Frances, intentando que no se notara su mirada triste. "Mañana en la mañana resolveré mis asuntos con un abogado".

Sin querer decepcionar a su amiga, Frances fingió una sonrisa y asintió con la cabeza. En seguida, Becky se emocionó y abrazó a su amiga con fuerza, apretujándola.

-¡Esa es mi Fran! ¡Ya vas a ver que la vamos a pasar genial! —exclamó Becky. Tomó la mano de Frances y caminó a grandes pasos a la entrada del local, obligándola a seguirla-. ¡Recuerda! ¡Es una cuestión de actitud! ¡No importa el atuendo, sino la mujer que lo use!

"Sí, y es importante que el atuendo tenga la menor tela posible para revelar a esa mujer tan importante" pensó Frances, volteando sus ojos con sarcasmo.

El bar Le Monz era muy distinto por dentro a lo que Frances se imaginaba. Como no solía ir a locales que abrieran más allá de las 20:00 y cuya principal exportación fueran licores, ella se había dejado llevar por su imaginación. Pensaba que Becky la llevaría a una guarida de ladrones y asesinos, o un bar lleno de motorizados, o tal vez un salón al estilo del Salvaje Oeste donde la música se detendría apenas ellas entraran, y todos se voltearían a verlas.

Sin embargo, la música que las recibió fue una apacible tonada de piano y jazz, parecida a la que suenan en los ascensores de edificios lujosos. Al entrar, nadie se volteó a verlas. Tan sólo siguieron charlando, algunos jóvenes y otros de la misma edad de Frances. Todos estaban sentados alrededor de mesillas de madera, las cuales no tenían manteles pero sí un centro de mesa iluminado. Al lado de las mesas había una tarima vacía, donde debían de tener espectáculos en ocasiones especiales, y una barra de caoba oscura y detalles de oro que daba un aspecto de elegancia al lugar. Pero lo que más amó Frances fueron las luces, las cuales eran pequeñas bombillas parecidas a la iluminación navideña que colgaban en cada esquina del local.

Becky miró de reojo lo maravillada que estaba su amiga, quien se agarraba de las manos y daba vueltas observándolo todo, como una niña que sueña en ser princesa entrando por primera vez a un castillo de cuentos de hadas.

-Vamos, la barra es el mejor sitio para conocer

personas —dijo Becky. Tomó a su amiga del brazo, y la llevó hasta donde le había prometido.

El bartender era un chico joven, con barba y peinado moderno, y una camisa remangada que revelaba múltiples tatuajes.

-Buenas noches, chicas. —dijo, en una muestra de carisma natural-. ¿En qué puedo ayudarlas?

-Mi amiga sufre, doctor —contestó Becky, con una voz fingida de dolor-. Tiene un corazón roto. ¿Tendrá algún remedio mágico que pueda curarla?

-¡Becky! —gritó Frances por lo bajo, intentando no causar una escena.

-¿Elección de la casa, entonces? —preguntó el bartender, con una sonrisa. Pensó por un momento, y luego las apuntó a las dos con un dedo, como si su mano fuera una pistola-. Creo que tengo lo que están buscando, chicas.

El bartender se dirigió un momento a una esquina de la barra, donde empezó a preparar varios tragos en los vasos más pequeños que Frances había visto en su vida. "¿Cómo pueden vender una bebida que no se puede disfrutar?" pensó Frances, ignorando la existencia de los *shots*. "Prefiero un té caliente. ¡Con eso sí se puede pasar horas charlando!".

Aprovechando que el bartender se había ido a ejercer su oficio, las dos chicas se sentaron frente a la barra. Frances soltó un suspiro, pensando en la noche que le vendría encima, mientras que Becky parecía un vigía encima de un barco, escaneando la zona. Finalmente, sus ojos se posaron en dos caballeros en la esquina de la barra, los cuales también las habían visto.

-¡Jackpot! —susurró Becky, y luego se volteó hacia Frances-. Creo que encontré tu cura.

-¡Dijiste que no íbamos a cometer ningún crimen! —Frances subió su mano para mostrarle su anillo de compromiso a su amiga-. Aún no he empezado con el proceso del divorcio. Además, ¿acaso no estas casada tú también?

-Dios, Frances, no vamos a hacer nada. Es sólo hablar

con algunos hombres solteros y tomar responsablemente.

-Aquí tienen sus *shots* de tequila –dijo el bartender, interrumpiendo a Becky brevemente y dejando unos diez vasos pequeños frente a las chicas-. Disfruten.

-Bueno, tal vez no tan responsablemente....

-¡Dios, Becky!

-¡Está bien! No pasa nada, ¿vale? Yo iré a hablar con ellos un rato, tantearé el terreno y si todo se ve bien, te llamaré para que te unas, ¿te parece? –dijo Becky. Antes de que Frances pudiera contestar, tomó un *shot* de tequila en cada mano y se los bebió uno después del otro. Entonces, hizo una extraña y brusca mueca al sentir el cosquilleante calor pasando por su garganta-. Deséame suerte.

Frances no tuvo siquiera la oportunidad de objetar. Becky se había apartado rápidamente de ella para charlar con los dos hombres, dejándola completamente sola en un lugar al que no estaba acostumbrada a estar, llena de extraños, con un atuendo que la hacía sentir... ridícula.

"Esto fue una mala idea" pensó Frances. "No encajo en este lugar, ni en el Club Campestre, ni en mi propia casa. Solo debo asegurarme de aguantar esta noche con Becky, y luego ver qué hacer".

A lo lejos, Frances podía observar que Becky acariciaba el brazo de uno de los hombres, de forma atrevida. Frances pensó en que ésta no debía de ser la primera vez que ella venía a Le Monz en busca de otros hombres. ¿Acaso llevaba tiempo teniendo múltiples aventuras, a espaldas de su esposo David? No sabía cómo sentirse al respecto. A pesar de que la intención de su amiga era buena, sentía que se le revolvía el estómago al pensar en que Becky engañaba a su esposo al igual que Jonathan lo había hecho con ella.

-Tu amiga hace amigos rápido –dijo una voz al lado izquierdo de Frances-. ¿No lo cree, señorita Kingston?

El pensar en que otro ser vivo dentro de ese bar, además de

Becky, sabía quién era ella, hizo que un escalofrío le recorriera la espalda. Se volteó rápidamente, deseando que no se tratara de alguien del Club Campestre listo para juzgarla.

Pero el dueño de la voz le pertenecía a un rostro que, aunque le era familiar, no lograba reconocer. Un rostro de tez bronceada en tonos rojos y morenos. Sus ojos eran de un amarillo profundo, de esos que podían perforar tu cuerpo y llegar a tu alma. Tenía la voz gruesa, el cabello corto y estilizado, y restos de barba cubriéndole la ancha mandíbula. Vestía una chaqueta de cuero negra sobre una camiseta roja. Frances pensó que ella era mayor que él, pero por no más de cinco años. Desde luego, no se parecía a nadie a quien pudiera conocer del Club Campestre. Entonces, ¿quién podría ser?

-Disculpe, ¿acaso le conozco de algún lado? –preguntó Frances, intentando escucharse determinada, pero la voz le falló y la hizo parecer tímida e insegura.

-Tal vez reconozca mi trabajo en su jardín –contestó él con una ligera sonrisa de lado-. Jack O'Brian. El señor Kingston me contrató hace una semana para cuidar las plantas de su patio delantero.

Entonces, un escalofrío recorrió la espalda de Frances, un sentimiento que poco o nada tenía que ver con su jardinero, sino con el altercado de esa tarde. Él la había visto correr de su casa tras haberse encontrado de frente con la infidelidad de su marido, y al reconocer las facciones de este misterioso hombre, había traído consigo un sabor desagradable.

-Sí... es un placer conocerlo, Jack –saludó Frances, intentando aparentar cortesía.

-Bueno, esta es la tercera vez que nos conocemos. Supongo que no recuerda las veces que hemos hablado, o tal vez no le ha dado la suficiente importancia –dijo Jack. Se acercó hasta Frances, y ella iba a emitir una disculpa que el jardinero cortó con un ademán de la mano-. No se preocupe, señora Kingston. No es la primera persona del Club Campestre que me ha contratado. Sé cómo suelen tratar al servicio.

-Yo... hubiera deseado conocerlo por primera vez en un lugar como este. Tal vez le hubiera recordado entonces.

"¿Qué diablos estás diciendo?" pensó Frances. Sentía un tono agresivo-pasivo en su forma de hablar, distinto a su tono normal agresivo-agresivo. Tal vez era porque Frances buscaba retribución del universo por la calamidad que había caído sobre ella aquel día, o tal vez sólo se sentía sola, pero le hizo una señal a Jack para que se sentara cerca de ella. Después de todo, quitando a Becky, era la única persona a la que reconocía en aquel lugar.

El jardinero asintió, y tomó el taburete cercano a ella.

-Entonces, ¿qué hace una dama de su clase en un lugar tan decente? —contestó Jack con una sonrisa que Frances no supo si era de burla o de coqueteo-. No la tomaba como alguien de estos lares, señorita Kingston.

-Por favor, dígame Frances —contestó ella, sin voltearse a verle. Su tono de voz parecía resquebrajarse, así que se tomó uno de los *shots* de tequila que tenía frente a ella. Sintió el calor del valor líquido quemándole la garganta, permitiéndole decir lo que pensaba y arruinando su habla a la vez-. No lo sé. Quería probar algo nuevo.

-Y a juzgar por cómo toma, también debe de estar probando algo nuevo con esos *shots* de tequilla —contestó Jack, y rio un poco al verla atragantarse y toser por el licor que la quemaba por dentro-. Debes permitirme pedirte el siguiente trago. Sé qué cervezas artesanales son buenas, y cuales son basura.

Frances nunca había sido una persona que tomara cervezas artesanales, y nunca una que hubiera ido hasta allá. Dirigió su mirada hasta el otro lado de la barra, donde Becky conversaba y coqueteaba con los dos extraños que le habían sonreído. En ese momento, su amiga estaba pasando la mano por una botella, simulando el acto de masturbación masculina. Al ver esto, Frances decidió que estaría completamente mejor con un completo extraño con resentimientos clasistas contra ella que

23

con Becky.

-Muy bien, Jack. Muéstrame qué tanto sabes de licores.

-Será un placer, Fran —contestó Jack con una sonrisa, y esta vez, Frances sabía que no era de burla, sino de coqueteo.

Así pasaron al menos dos horas que Frances sintió como si hubieran sido minutos. Becky había desaparecido tanto de vista como de su mente. Toda su atención había sido capturada por los distintos tipos de cerveza artesanal, las risas de chistes sin gracia y una que otra mirada de seducción entre Jack O'Brian y ella. Había algo en el jardinero que encontraba irresistible, y lo más probable es que se debiera a los efectos del alcohol. Pero haber encontrado a alguien que la entendiera y que conociera su dolor en medio de la marea de extraños era algo de lo que aferrarse.

-Jack, sabes cómo hacer que una mujer se sienta cómoda hablando —dijo Frances, moviendo un vaso de cerveza de un lado a otro-. ¿Cómo dices que se llama esto? ¿*Blue cherry*? No es un trago azul.

-Creo que ha tomado de más, señorita Kingston —contestó Jack, levantándose del taburete-. Vamos. Te llevaré a casa.

-¡No quiero ir a casa! ¡No sé siquiera si tengo una casa! —exclamó Frances. Se levantó del taburete a la misma velocidad que Jack, pero se arrepintió en seguida-. Vaya… todo da vueltas… muy rápido…

Entonces, todo se apagó.

4. DULCE HOGAR

Frances no recordaría bien los eventos de esa noche, pero en fragmentos de alcohol sentía como Jack la llevaba hasta su casa, la misma que compartía con su marido, la misma casa en la que la habían engañado. ¿Acaso Jack se habría aprovechado de ella? "Sí, debe de haberme usado. Alguien como él lo haría sin pensarlo dos veces" pensó Frances.

"¿Dónde estoy?". La cabeza le daba vueltas, y aún no había podido abrir los ojos, pero reconocía su habitación, la misma que había compartido con su esposo por más de 20 años... excepto que ya no estaba él. De hecho, tampoco estaba Jack. "Típico. Apuesto a que me usó y luego se largó". Pero antes de que pudiera abrir los ojos, le llegó el reconocible sonido de un cortacésped en el patio frontal de su casa. Frances se levantó de golpe. Sí, era su habitación, y era su casa. Corrió hasta la ventana, y ahí afuera estaba Jack, haciendo su trabajo como si nada hubiera pasado.

Frances logró calmarse un poco. Pasó una mirada por toda la habitación, y se dio cuenta de que no había señales de que su esposo estuviera viviendo en esa casa, o de que Jack hubiera estado ahí. La única persona que había pasado la noche en esa cama era ella. De hecho, a pesar de que sólo tenía fragmentos de la noche anterior, ninguno de ellos demostraba una escena sexual con el jardinero.

Sin embargo, a Frances aún le costaba creer que aquel hombre no se hubiera tentado a abusar de ella. Pensó en vestirse para bajar y enfrentarlo, pero aún cargaba con el mismo pantalón de *jean* y la camisa blanca de anoche, aunque esta vez estaba más arrugada. Lo único que parecía haber perdido eran sus zapatos, pues estaba completamente descalza. Todo el cuerpo de Frances se estremeció al pensar en las manos grandes y fuertes de Jack quitándole los zapatos y las medias, acariciando lentamente sus pies...

"¡Basta!" pensó Frances. "Es hora de enfrentarlo". Frances no se molestó en ponerse los zapatos, sino que corrió hasta salir del cuarto. Bajó las escaleras a toda velocidad y salió por la puerta principal, lista para enfrentarlo. Sin embargo, el ruido del cortacésped se había detenido, y el trabajo estaba a medio terminar. Jack no estaba en el patio. "¡Debe de haber huido al escucharme bajar! ¡Los nervios de ese cobarde!". Frances decidió ir al patio trasero, donde había un pequeño cobertizo rojo donde se guardaban las herramientas. Ella nunca se pasaba por ahí, pues el lugar siempre estaba sucio y lleno de tierra, pero sabía que Jack tenía que estar escondiéndose ahí.

Como si fuera un policía atrapando a un criminal, Frances pateó la puerta del cobertizo, lista para agarrarlo con las manos en la masa.

-¡Jack! ¡Cómo te atreves a…!

Pero las palabras de Frances quedaron suspendidas en el aire al ver el torso completamente desnudo de Jack, con solo el overol de *jean* colgándole de la cintura para abajo, a punto de caerse y dejar al descubierto más de lo que Frances hubiera querido ver. Sus brazos eran como la corteza de un árbol, y sus gruesos hombros hacían que la imaginación saliera a pasear. El abdomen marcado parecía tan duro como el acero, y la musculatura de su pecho y los pelos en él le daban un aspecto feral, casi primitivo, como un hombre esclavo a sus instintos primales, como lo era el sexo.

Frances quedó con la boca abierta, con la vista fija justo por encima de la cintura de Jack, entre el paraíso que debía de ser su abdomen y la intriga del qué habría más abajo. Por su parte, Jack sonrió primero, y luego movió la mano en forma de saludo, como si quisiera llamar la atención de Frances.

- Mis ojos están aquí arriba, ¿sabes?

- Yo… yo… -Frances se dio media vuelta, con la cara enrojecida por haber entrado de esa forma en la privacidad del cobertizo mientras se cambiaba, pero aún determinada en hacerle frente-. ¡No puedo creer lo que hiciste la noche anterior! ¡Aprovechaste de que estaba en un estado de ebriedad para...!

-¿De qué estás hablando? —preguntó Jack. Frances no podía verlo por estar de espaldas, pero a juzgar por su tono de voz, el jardinero debía de sentirse atacado-. Vi que estabas tomada, así que te llevé hasta tu casa. No podías ni siquiera abrir la puerta principal, así que te llevé hasta tu habitación y te acosté en tu cama. No soy esa clase de personas, Fran. Nunca me aprovecharía de ti.

Frances se volteó a verlo directamente a los ojos. Ya no estaba molesta, aunque aún no estaba segura. De hecho, no sabía muy bien qué ocurría dentro de ella, pero estaba acalorada. Sentía una especie de aprecio a recompensar por el acto de caballerosidad ante el musculoso y atractivo jardinero que tenía frente a él, que la observaba de vuelta con ojos de miel llenos de un deseo por ella que no había sido capaz de experimentar.

Entonces, Frances sólo pudo responder con una pregunta.

- ¿Por qué no?

Los ojos de miel de Jack se abrieron de par en par. Había entendido el suspiro de deseo de parte de Frances, que salía desde adentro, desde un lugar de dolor. Él sabía lo que había ocurrido entre ella y el señor Kingston, y había entendido que la atracción que ella sentía por él no se había debido al alcohol, sino al estado de soledad y necesidad en que ella se encontraba.

Él dio un paso al frente para acercarse a Frances, intentando ser gentil, pero la desesperación por ser tocada y deseada la invadió. Ella saltó hacia delante, como una leona que cazaba a su presa, a los brazos de su jardinero. Rodeó su grueso cuello con sus manos, y lo tiró hacia ella. Sus labios se encontraron no de forma tierna, sino rápida y bruscamente, con un tono emocional que era evidente para ambos. Frances sintió las cortezas de brazos arroparla, y se sintió segura de los malos sentimientos que la

27

habían acechado últimamente. Ahora, era Jack quien devolvía sus besos, y no tenía miedo en usar su lengua.

Pero a pesar de la pasión desenfrenada con la que él se enfrentaba a ella, y el libertinaje al usar su boca, Jack no era capaz de ir más allá. Había algo dentro de él, como un hilo de respeto con el hombre que lo había contratado que no era capaz de romper. Y así se hubiera quedado, en un incómodo intercambio de besos, de no ser porque Frances necesitaba más que eso.

Con un movimiento impulsado por el deseo que ella nunca se hubiera imaginado capaz, abrió su camisa de golpe, rompiendo varios botones en el proceso, revelando un sostén púrpura. Jack entendió que tenía permiso, y el hilo de respeto se cortó. Sus dedos no fueron gentiles, sino que pasaron con fuerza por el cuerpo de Frances. Primero, posó su palma por el abdomen de ella, y lo sintió temblar ante el contacto humano. Jack sonrió, y con sutileza pero aun manteniendo su fuerza, arrastró su mano hacia arriba, colocándola por debajo del sostén. Pasó un dedo por el pezón de Frances, y ella sintió un toque de placer como si fuera el mejor orgasmo de su vida. No quiso producir sonido alguno, y se mordió el labio para evitarlo, pero la forma en que Jack la tocaba, esa mezcla de fuerza y sutileza era capaz de volverla loca.

Jack dejó el pezón, y entonces usó toda su mano para agarrarle los senos. Los apretó un poco, intentando que a Frances le dolieran, pero fallando en el intento. A ella no le importaba. Sentía como si estuviera con un cavernícola de una gran fuerza que no fuera capaz de controlar, y amaba esa brusquedad en él.

No podía más. La promesa detrás del gran placer en algo tan pequeño como tocarle los pezones era demasiado. Frances quería entregarse completamente.

Se separó de él, y en un rápido movimiento se quitó los

pantalones de *jean* con sus bragas. Entonces, volvió a saltar sobre él, sin darle tiempo de apreciar a la mujer que tenía frente a sí. Ni siquiera se intentó quitar la camisa o el sostén, pues no necesitaba que Jack entrara en algún lugar del torso para arriba. Él intentó volver a pasar su mano entre el seno y el sostén, pero ella lo detuvo. Tomó su mano, y sin ceremonia alguna, la colocó entre sus piernas. Jack parecía sorprendido, pero rápidamente se recuperó y entendió qué quería Frances. Movió sus dedos, al principio con timidez, explorando el sexo de Frances, haciendo un poco de *foreplay* e intentando conocer a la mujer frente a él. Pero para Frances, eso no era suficiente.

-Más rápido —dijo Frances, en un susurro.

-¿Estás segura?

Frances apartó al jardinero por un segundo: -Más rápido —repitió, y lo volvió a besar con la misma intensidad de antes.

Jack tenía que obedecer. Después de todo, ella era la esposa del hombre que la había contratado, y tenía que obedecer sus órdenes cuando se trataba de cuidar su... jardín. Con determinación, empezó a masajear el área general entre la piernas de Frances, hasta concentrarse en su vagina, justo por encima, con gran rapidez, y poco a poco bajando. Frances pudo sentir una ola de placer que la llenaba de pies a cabeza, y que hacía que todo su cuerpo se estremeciera. Nunca había sentido algo así, ni siquiera con Jonathan. Cada parte de cuerpo parecía despertarse al sentir la vibración que provenía del cuerpo, como si nunca antes hubiera sido tocada.

Ella no podía esperar más. Necesitaba el miembro de él.

Frances empujó a Jack contra uno de los estantes del cobertizo, y varias herramientas cayeron al suelo. Aquello podría haber resultado en un terrible accidente, pero a ella no le importó. Aprovechó que el torso de Jack estaba inclinado hacia atrás y sus piernas hacia adelante para montarse encima de él. Colocó sus brazos alrededor de su cuello, y sus piernas rodearon su torso. Sabía que para mantenerla en el aire se requeriría de una gran fuerza corporal de parte de Jack, pero ella ya contaba con ello. El la sostuvo con sus brazos, rodeando su espalda para que Frances no cayera hacia atrás. Con dificultad, él movió sus caderas hasta que su overol terminó de caerse, revelando por fin su miembro.

A pesar de que lo deseaba con gran intensidad, Frances no llegó a observar el miembro de principio debido a la posición, pero no le importó. Ella sólo quería sentirlo dentro de ella. Quería sentirse cercano a alguien, fuera quien fuera. Su sexo estaba completamente mojado debido a los gruesos dedos de Jack, y su forma rústica de tocarla. Estaba preparada.
        - Dámelo, Jack.

El jardinero asintió con la cabeza. Soltó uno de los brazos que sostenían a Frances para usar su mano rápidamente e insertar su pene dentro de ella. Frances primero sintió la punta de la cabeza, que acariciaba la entrada de sus labios inferiores. A pesar de que esto hacía que las piernas de Frances temblaran, ella se sentía molesta por ello. "¿Por qué me está intentando provocar, cuando sabe que lo necesito ya?" pensó Frances. "¡Que me lo meta de una vez!"

Entonces, ella entendió la razón, y no era que el jardinero la estuviera provocando, sino que su miembro tenía dificultades para entrar por su gran tamaño. Como Frances no había podido visualizar el pene de Jack, no sabía lo que le esperaba, así que cuando por fin logró que su miembro entrara dentro de ella, Frances se sintió inflar de repente. Sus pulmones se llenaron de aire, y sintió una extraña mezcla de dolor con un exceso de placer. Con una sola estocada a profundidad, con todos esos años de haber compartido la cama con Jonathan sin haber acabado, con todos los años que le siguieron después donde ya no lo hacían, y con el sentimiento de haberse sentido perdida por el engaño de su marido y haberse sentido encontrada en los brazos de su jardinero, Frances no pudo sino acabar enseguida. Sus piernas temblaron, y sintió sus propios fluidos correrle por entre las piernas, pasando por su culo por la posición en la que estaba.

- ¿Estás bien, Frances?

- Por... por favor... sólo cállate... -contestó Frances, sin ser capaz de pronunciar oraciones completas. Todo su cuerpo vibraba del nuevo placer que su cuerpo no había recibido por varios años, y nunca de esta forma-. Por favor, sólo quédate quieto. No... no te muevas...

Pero tanto tiempo había pasado, que Frances desconocía su cuerpo cuando se trataba del ámbito sexual. Tanto era así, que Jack sabía más que ella, y era capaz de reconocer el patrón que le revelaba el cuerpo de Frances en otras mujeres con las que había estado. Es por eso que, a pesar de que ella le había pedido que se estuviera quieto, Jack sonrió con picardía y empezó a moverse lentamente.

Al sentir el miembro de Jack moverse dentro de ella tan sólo unos milímetros, todo el cuerpo de Frances se tensó. Como una boa constrictora, Frances se aferraba al torso de Jack con sus muslos.

-¡Jack! ¿Qué haces? ¡Detente! —exclamó Frances, pero Jack la ignoró por completo. Empezó a sacar y meter su pene, aun lentamente, y tan sólo unos pocos milímetros... cada vez iba un poco más lejos. Frances sentía que sus ojos se ponían en blanco, y la voz y la voluntad le empezaban a fallar-. Jack... por... por favor... deten... de...

Frances no podía formular palabras, ni quería. Se sintió invadida por la nueva fuente de placer que la penetraba de a poco. Como ella había acabado ya, cualquier toque dentro de ella le resultaba extremadamente sensible, así que sentir la cabeza de Jack frotar contra las paredes de su sexo la excitaba como nada nunca la había excitado antes. Jack fue cada vez más rápido, y cada vez más profundo. Frances sentía que estaba a punto de acabar nuevamente, y así era.

Tras unas tres estocadas, lentas, concisas, completas y muy profundas, donde Frances pudo sentir toda la longitud del miembro de Jack, sintió el orgasmo nuevamente, y volvía a acabar. Los mismos fluidos volvían a recorrer sus piernas, esta vez cayendo al suelo. Le faltaba el aire. Se sentía como si hubiera estado haciendo un extenso ejercicio, a pesar de que apenas se habían movido.

-Jack… Jack… -jadeó Frances, y Jack entendió que esta vez sí debía de detenerse.

El jardinero la cargó hasta una pequeña mesa de madera dentro del cobertizo, la cual estaba llena de polvo y rastros de tierra, y colocó a Frances en su superficie. A pesar de que ella odiaba la tierra y la suciedad, en ese momento nada le importaba, pues sólo podía sentir el rastro de placer que dejaba el miembro de Jack al separarse de ella.

-Lo… lo siento… -dijo Frances, tras jadear por al menos dos minutos-. En verdad… lo siento…

-¿Por qué lo sientes? —preguntó Jack, con una sonrisa-. La pase muy bien, Fran. Creo que es el mejor pago que me han dado por mi trabajo.

-Eres un idiota… -dijo Frances, aun jadeando y con la respiración entrecortada-. Digo que lo siento por no haberte hecho… ya sabes…

- ¿Acabar? —dijo Jack, y esta vez rio en voz alta-. No tienes que tenerle miedo a la palabra.

-¡No le tengo miedo! —exclamó Frances, con el ceño fruncido, pero luego bajó la mirada al pensar en ello-. Pero sí. Lo siento por no haberte hecho… eyacular.

-También se vale —contestó Jack, refiriéndose a la palabra "eyacular". Se acercó hasta Frances, y posó su mano en su barbilla, levantando su rostro para que ella fuera capaz de observarlo-. Pero si en verdad lo sientes, podemos ir adentro y saldar cuentas.

Frances pensó en lo que significaba "saldar cuentas", y sonrió cuando varios pensamientos le vinieron a la cabeza.

5. EN EL CUARTO PRINCIPAL

Un hondo respiro y una exhalación a mitad de la noche. Una habitación completamente oscura, iluminada sólo por la luz fría y pálida de los faroles afuera de la ventana, adornando la calle que era la entrada a su hogar. Los ronquidos de un hombre grande y musculoso a su lado, ocupando más de la mitad de la cama con sus brazos y piernas estirados, dejando entrever una espalda esculpida y colorada por las horas de trabajo manual bajo el sol. Y una visión aún más inusual, sábanas y almohadas. Sábanas y almohadas regadas por todos lados de la habitación.

Frances se sentía extraña. Era un sentimiento que no sabía reconocer, que no parecía haber experimentado en varios años hasta ahora y que, por lo tanto, no era capaz de darle un nombre. ¿Felicidad? No, no era tan simple. Era más como... satisfacción, o placidez. Por primera vez en su vida, se había desviado del camino. Era una mujer casada, correcta y ordenada. Era.

Dejó que su nuevo amante descansara en paz. Él no tenía por qué ser parte del melódico sonido de sus pensamientos. Por primera vez, no había ruido en su cabeza, aunque sí muchos sonidos. Con cuidado, se levantó de la cama, aunque daba igual si hacía un alboroto, pues el jardinero no se despertaría nunca tras aquel día tan exhausto que había tenido. Frances, sin embargo, sintió que podría tomar una taza de té antes de irse a un mundo de sueños. Después de toda una vida de hacer lo correcto y torturarse por ello, sentía que esta noche podía disfrutar de sus pensamientos, aun si fuera por una hora.

Tras ponerse su bata rosa, salió de la habitación que había sido testigo de su falta de arrepentimiento, bajó las escaleras hasta llegar a la cocina. Tras revisar los gabinetes, encontró el té de hierbas y jengibre que solía tomar con regularidad. Un poco más al fondo, residía sin abrir una cajita de cartón que decía "té de menta y dátiles". Se la había regalado Becky hace al menos unos cinco años, pero Frances no había sentido la necesidad de probarlo, cuando ya tenía una preferencia. Sin embargo, y casi como guiada por un instinto, decidió apartar su té de preferencia y probar el regalo de Becky.

Dejó que el agua hirviera, se sirvió de leche y azúcar en su taza favorita, una que había comprado en un viaje a Chicago y que sólo leía el nombre de la ciudad, y dejó que reposara la bolsa de té. Una vez que la tetera le avisó que estaba lista, vertió el agua sobre la taza. Dejó que el té reposara un rato, para no quemarse la lengua. Finalmente, dio un último soplido de cautela, y probó el té de menta y dátiles. Casi enseguida lo escupió, sintiendo como la horrible combinación recorría sus vías respiratorias, ahogándose entre risas, aun cuando no entendía el motivo de ellas.

"Sabe horrible" pensó, y continuó riendo. "¿Qué pensaría que ocurriría?".

A pesar de todo, Frances se llevó la taza hasta el *pantri*, al lado de la barra que separaba la mesa y la cocina. Se sentó en una de las sillas, pero sin estar frente a la mesa, sino hacia la gran pared de cristal que daba hacia el patio trasero, hacia su jardín cuidado con profesionalismo y hacia el cobertizo rojo, donde se había atrevido a cruzar el umbral entre lo correcto y lo incorrecto. El punto sin retorno.

"¿Y quién dice qué es lo correcto y qué no?" pensaba Frances, dando un segundo sorbo con una mueca de disgusto, sin saber si se trataba de sus pensamientos o del sabor del té. Había pasado toda su vida siendo fiel a su esposo, obligándose a ignorar todo lo que su cuerpo sentía al conocer otros hombres con los que tuviera buena química. Se había encargado de alejarse o de tratar mal a quienes la cortejaban, sólo para mantenerse fiel. Se había sentido como una niña pequeña dentro de un jardín de niños, haciéndoles maldades a los chicos que le gustaban.

Había sido recatada. Había cumplido sus labores como esposa, y a pesar de que su marido era infértil, se había mantenido a su lado, incapaz de crear una familia. Había dado su vida, ¿y para qué? ¿Para ver esa fidelidad recompensada con un engaño?

Cerró los ojos y sacudió la cabeza, como si quisiera apartar esos pensamientos. Se sentía plácida, y no quería que el recuerdo de Jonathan arruinara eso. Dejó su mente en blanco, y como siempre ocurre en las noches frías, su cuerpo pareció tomar control de sus pensamientos. Entonces, recordó lo que había vivido el día de hoy, y no pudo evitar sonreír.

Más allá de la ventana de cristal, residía el recuerdo de la primera vez que había sentido a Jack dentro de ella. Recordó que se había sentido en deuda hacia él, y lo llevó hasta la casa y lo hizo sentir como a un invitado. Pensó en que al menos le debía el desayuno tras el ejercicio de aquella mañana, aunque ya eran casi las 12:00 pasadas. Él había entrado como si fuera su casa. Se sacó las pesadas botas de jardinero, y las dejó al lado de la puerta que daba al patio. Se acomodó el overol de *jean* que colgaba de él, tras lo sucedido aquella mañana, y procedió a sentarse en el sofá naranja de la sala. Se dejó caer, estirando sus brazos en todo el borde del mueble, y sus pies quedaron situados sobre la mesa de café, cruzados.

Frances no sabía cómo interactuar después del sexo. Él seguía siendo un extraño para ella, y una vez que sus intimidades y vulnerabilidades habían sido expuestas, ¿cómo podía tener una conversación normal? ¿De qué temas se puede conversar con alguien que ha escuchado la forma en la que gimes? Y lo que era peor, esa intimidad seguía expuesta en la forma de vestir. Frances había dejado casi toda su ropa en el cobertizo. Había entrado a la casa sólo con la camisa blanca cubriéndole el torso y, en menor cantidad, su sexo. Avergonzada, ella se estiró la camisa, como si quisiera cubrir esa vulnerabilidad suya, y decidió atrincherarse en la cocina.

Se había refugiado en la labor de cocinar huevos revueltos y tocineta. Con un cucharón de madera, empezó a revolver las yemas y las claras sobre el sartén. Cómo había hecho antes con su marido, se aseguraba de que el huevo no se mezclara con la tocineta. A la vez, había puesto a calentar agua para el café instantáneo que siempre compraba en el supermercado, y tenía el pan rebanado haciendo cola para las tostadas del microondas. Todo ese espectáculo era una farsa, un intento de estar muy ocupada para ver al jardinero a los ojos. No podía entablar una conversación si estaba cocinando, ¿cierto?

Pero Jack era un hombre hambriento, y no buscaba a Frances por la comida. Ella escuchó como se levantaba, y sus pasos que se dirigían a la cocina. "Dios, no quiero tener una conversación incómoda. Espero que no se sienta obligado a hablarme de algo".

Pero Frances no lo escuchó venir. Al menos, no con palabras. Estando ella frente a las hornillas, había sentido las manos de Jack sostener su cintura. Bajó la mirada, y pudo observar los dedos grandes y llenos de cortadas y callos por el trabajo manual, con una textura áspera que se mezclaba con su piel sensible a su tacto. Aquel toque especial, que recorrió primero su cintura y luego fue subiendo lentamente, la excitaba. Sabía que dedos como aquellos estaban prohibidos, pertenecían a un mundo distinto al de ella. Y sin embargo, sentir como la invadían, ascendiendo lentamente, tocando su abdomen con la gentileza del romance, hasta posarse debajo de sus senos, hacían que el aire se acumulara en sus pulmones. Casi se ahoga cuando por fin, en un rápido y pasional movimiento, Jack usó ambas manos para sostener sus senos. Frances exhaló un suspiro de sorpresa, como si no supiera que el jardinero estaba detrás de ella hasta ahora, pero la verdad es que él la tenía dominada como un encantador de serpientes, dejando que el movimiento de sus manos por su cuerpo la hipnotizara. Así se quedó Jack por un segundo, aferrándose a sus senos con brusquedad pasional, como si él no fuera capaz de controlarse ante el cuerpo de Frances. Con el dedo índice de cada mano, procedió a jugar con los pezones de la señora de la casa, lentamente, tentándola. Era una extraña combinación entre lo brusco en el agarre de sus senos, y lo gentil en el toque de sus puntas rosadas. No, no era extraño, ni incómodo... era pasional.

Tomándola de los pechos, Jack la acercó hasta ella, dejando que la espalda y el pecho se encontraran. Frances sintió la aspereza del overol que raspaba y hacía daño en su delicada piel, pero no le importaba. Todo sobre aquel jardinero parecía ser siempre rudo, pero ella estaba cansada de ser tratada como si fuera débil. Queriendo que él la volviera a tomar, echó su cabeza hacia atrás, pegando un lado de su cara a la de Jack, quien procedió a besarle la mejilla con rapidez, como si tuviera que tenerla en aquel momento. Frances acercó su cuerpo un poco más hacia él, dejando que la parte de atrás hiciera contacto con el bulto bajo la cintura del jardinero. A través de la gruesa fábrica, sintió el miembro de Jack crecer al posarse contra el culo de ella. Frances se mordió el labio, en un momento de picardía, al pensar en lo mucho que ella lo excitaba a él. Procedió a levantar su culo y a bajarlo, con la misma lentitud con la que él la había tratado a ella, y pudo sentir como él se retorcía de placer. Su bulto crecía más y más, y Jack tenía que levantar la cabeza y mirar al techo, como haciendo lo imposible para controlarse. "Pero no quiero que se controle" pensó Frances, cerrando los ojos con una sonrisa que no podía controlar "Quiero que me haga suya".

Reemplazando su culo con la mano izquierda, tomó su miembro y lo apretó ligeramente, rodeándolo con la tela del *jean*. Frances supo que a Jack le había gustado aquello, no porque lo hubiera dicho, sino porque lo transmitió en la fuerza que había usado al masajear sus senos. La apretaba más hacia él, como si no pudiera esperar a tenerla cerca, cada vez más cerca, dentro de ella.

Las rodajas de pan habían salido de la tostadora hacía tiempo y empezaban a enfriarse, igual que el agua que había calentado para el café instantáneo. El sartén hacía un ruido terrible al quemar la comida en él por el aceite hirviendo, un ruido que parecía callar los susurros de placer, los bajos suspiros de los dos amantes frente a las hornillas.

Jack no podía esperar más, y Frances a duras penas se aguantaba. El jardinero soltó los senos de ella, y posando una brusca mano en su hombro, le dio la vuelta, quedando los dos frente a frente. Ella, con su mirada expectante, y ojos mirando hacia arriba, el labio inferior entre sus dientes, y sus senos mostrándose a través de la camisa blanca, con sus muslos descubiertos que temblaban ante el recuerdo de la última persona a quien habían rodeado. Él, con una sonrisa sugestiva, con ojos ensoñadores, con un overol de *jean* que no alcanzaba a cubrir todo su pecho, mostrando la fuerza de sus pectorales y el tamaño de músculos que hacía poco habían sudado por ella. Los dos compartieron un lento beso, sintiendo la necesidad de estar cerca el uno del otro, pero sólo uno, pues el deseo era más fuerte que la pasión.

Él la tomaba de la cintura, con la misma tosquedad con la que trataba todo, como si ella fuera una de sus herramientas de jardín, y la levantó por el aire con la misma facilidad. Al principio, Frances se sintió sorprendida por lo ligera que se sentía cuando él la cargaba de esa manera. Ella recostó su cuerpo con el del jardinero, sosteniéndose al rodear su grueso torso con sus piernas, las cuales se movían con la timidez de una chica virgen, experimentando por primera vez el placer. Sus senos se deslizaban por el pecho de Jack, dejando que las puntas de sus pezones recorrieran la aspereza de su piel curtida por el sol, hasta detenerse por el overol. Rodeó su grueso cuello con sus brazos, quedando así sus rostros a tan sólo unos centímetros. "Así puedo verlo a los ojos mientras me penetra en el aire" pensó Frances, dándose aires de picardía.

Aprovechando lo oportuna que era su posición, lo volvió a besar, pero esta vez con la excusa de alargar sus brazos por su espalda y desabrochar los tirantes de su overol. Tanteó por toda la parte de atrás de su cuerpo, sintiendo cada músculo de su espalda, hasta llegar a los botones de cobre que a base de fuerza logró arrancar. Escuchó el sonido de la ropa del jardinero caer al suelo, y como tenía los ojos cerrados por seguir besando todo su rostro, Frances tuvo que imaginar su cuerpo desnudo hasta los talones, aunque no tuvo que imaginar con muchas fuerzas, pues a través del tacto sintió el miembro erecto de Jack que presionaba contra su sexo. "Y yo que no ando usando nada debajo de la cintura" pensó Frances, sonriendo para sus adentros.

Por fin, Frances separó sus labios de los de su nuevo amante, y bajó la mirada. Entre los muslos que se aferraban con fuerza al marcado abdomen, se podía entrever el gran miembro que ya había tenido el placer de conocer, y que pronto podría sentir dentro de ella. Primero, Jack la tentó un poco, pasando la punta de su pene por entre los labios íntimos de ella. "Al menos" pensó Frances, pero luego recordó la primera vez en el cobertizo, cuando Jack había hecho lo mismo, no por tentarla, sino porque no entraba debido a su tamaño. Pero esta vez, Frances ya lo había probado, y su cuerpo se empezaba a acostumbrar a la forma de su miembro.

La primera estocada la hizo sentir llena de un placer excitante que encendía cada fibra de su ser, y sintió que acabaría pronto. Pero Frances no estaba dispuesta a repetir lo del cobertizo. No quería que Jack tuviera ese poder sobre ella. No podía dejar que él controlara cada uno de sus estímulos sexuales.

Aferrándose a su cintura con mayor fuerza en sus muslos, Frances inclinó todo su cuerpo y empezó a besarlo salvaje y apasionadamente, succionando con fuerza el grueso cuello del jardinero hasta dejar una marca morada en él. Sorprendido por el avance de la señora de la casa, Jack se tambaleó hacia atrás, a punto de perder el equilibrio, hasta que la barra de la cocina lo detuvo. Quiso aprovechar que tenía donde apoyarse para empezar a moverse dentro de ella, pero Frances fue más rápida que él. En un ágil contraataque, ella empezó a mover sus caderas con la seducción y la forma hipnotizante de una serpiente. Frances tuvo que morderse los labios para aguantar el orgasmo, pues se sentía muy bien como el miembro erecto palpitaba dentro de ella. Con cada latido, se sentía como si creciera un centímetro más, pero Frances no estaba dispuesta a concederle la victoria. No aún.

Aprovechando que Jack parecía paralizado de placer, sin buscar hacer ningún movimiento brusco para no acabar accidentalmente antes de tiempo, Frances procedió a tomar las riendas. Apoyó sus brazos sobre los fuertes hombros del jardinero, y puso todo su esfuerzo en levantar su cintura en el aire, haciendo que el pene de Jack pasara por todo su sexo, hasta casi salir, excepto por la punta. Entonces, con la misma lentitud, descendía, sintiendo la punta que la penetraba como una lanza, las venas azules que palpitaban en todo su grosor, y la base con la que recibía su descenso, sintiendo sus genitales pegada a ella. Sin darle tiempo a un respiro, ella volvía a subir con rapidez, pero cada descenso era lento, deslizándose sobre su pene como una bailarina de caño, y seduciéndolo con la misma facilidad. Subía una y otra vez, cada vez más rápido, pero el descenso siempre era lento, sexual, excitante y, sobre todo, duro. Ella se aseguraba de, al llegar a la base, usar sus músculos vaginales para cubrir el miembro con fuerza, arremetiendo contra su presa, cerrándose cada vez más alrededor del erecto falo que pulsaba dentro de ella, como si intentara escaparse, rogando por su vida.

Jack soltó una exhalación de placer, como si el aire se le escapara de sus pulmones, y Frances lo tomó como una señal de que la victoria estaba cerca. Para excitarlo aún más, ella soltó sus propios gemidos, que aunque los hubiera fingido con tal de excitar a su amante, le avergonzaba admitir que eran tan reales como los sonidos que el jardinero producía cuando ella tomaba el control, subiendo y bajando cada vez con mayor rapidez e intensidad sobre el erecto miembro, sin nunca perder la capacidad de estrujarlo entre sus muslos, sintiendo cada parte de él dentro de su sexo.

Él no pudo más. Ella sonrío, y se dejó caer hacia atrás, tirando de su cuello hacia adelante y dando una vista de sus pechos, asomándose debajo de la arrugada camisa. Frances sintió el miembro palpitar de forma más pausada y fuerte, y el blanco líquido que la llenaba por completo. "Debe de haber estado guardando mucho por no haber acabado esta mañana" pensó Frances, con una sonrisa, y volvió a inclinarse sobre él, dejando que el cansancio se apoderara de ella. Jack dejó que recostara su cuerpo sobre el suyo, pues estaba tan exhausto tras haber acabado que sentía que no tenía elección. Además, le gustaba sentir el cuerpo desnudo de la señora de la casa sobre el suyo.

Tras recuperar el aliento, Jack tomó el cuerpo de Frances entre sus brazos, y lo depositó encima de una de las sillas. Frances agradeció aquel gesto en su cabeza, pensando en que si la hubiera dejado sobre el suelo, el temblor en sus piernas hubiera ocasionado que cayera al levantarse, e incluso tal vez un desmayo.

-Nada… nada mal… -dijo Jack, entre jadeos, con una sonrisa de satisfacción en su rostro-. Parece que alguien está empezando a ganar confianza.

Frances se sonrojó y no pudo evitar sonreír. Sus ojos se voltearon a ver el desayuno negro sobre el sartén, que seguía quemándose sin cesar. Nunca pensó que el sexo podía ser tan desastroso y divertido a la vez, tan irresponsable, un momento de placer y no de deber. "¿Acaso no debería ser así siempre?", pensó Frances.

Antes de que pudiera ofrecerle un segundo desayuno a su invitado, Jack se le adelantó.

-¿Lista para la segunda ronda? —Dijo, acercando su miembro caído que chorreaba semen sobre el suelo de la cocina-. Creo que esta vez te toca acabar a ti.

41

6. VISITA INESPERADA

Frances encendió un cigarro, como era su nueva costumbre. Dejó que sus recuerdos de esa mañana se mezclaran con el humo del placer, escondido en su sonrisa. Y claro, la mañana había sido una cosa, pero cuando los dos continuaron hacia la siguiente ronda, en el baño de la habitación principal...

El sonido del timbre sacó a Frances de su cabeza. "¿Quién podría ser a esta hora?" pensó Frances, levantándose de su silla y arremangándose la bata rosa para cubrirse mejor, aunque sin olvidar su cigarrillo, el cual descansaba entre sus dedos. Caminó hasta la puerta, y miró a través de la mirilla para ver de quién se trataba. Al otro lado de la puerta, una sonriente Becky la saludaba efusivamente, y con una gran sonrisa en su rostro.

Frances tragó saliva, pensando en que tal vez se hubiera esparcido el rumor de que lo estaba haciendo con el jardinero. Después de todo, no había sido exactamente sutil al respecto. Los orgasmos de ambos debían de haberse escuchado por todo el vecindario. Frances suspiró, cerró los ojos, y se preparó para lo que Becky tendría que decirle. Abrió la puerta, con una fingida sonrisa en su rostro.

　　-¡Becky! ¡Qué sorpresa! ¿Qué haces por...?
　　-¡Oh, Dios mío! ¡TUVISTE SEXO! —interrumpió Becky, con un grito de felicidad.

Si los orgasmos de Frances no habían alertado al vecindario de sus escapes sexuales, las palabras "TUVISTE SEXO" gritadas sin vergüenza, fue suficiente para que las mascotas de toda la cuadra empezaran a ladrar. Frances borró su sonrisa, enrojeciendo en seguida. Tomó a Becky bruscamente del brazo, y la haló hacia adentro de la casa, dando una última mirada hacia afuera, asegurándose de que nadie las hubiera visto.

Una vez dentro, en la seguridad de la sala, Frances observó a

Becky con una expresión de enojo.

-¡Rebecca! ¡Cómo se te ocurre! ¿Estás loca? —Frances soltaba sus palabras con gran intensidad, pero Becky continuaba sonriendo como si estuviera maravillada de lo que observaba. Esto hizo que Frances empezara a ahogarse con su miedo a la vergüenza-. ¿Cómo… cómo supiste?

Becky pasó los ojos de abajo hacia arriba, examinando a Frances por completo.

-Bueno, para empezar, tu falso humor te delató. La Frances que mejor conozco es ésta de aquí, con la ceja fruncida —contestó Beck, reprimiendo una risa para no molestar aún más a Frances-. Además, estás fumando, pareces agotada, no te importa abrirme la puerta usando una bata rosa y, sobre todo y más importante, tienes un poco de… líquido blanco… en el cabello.

Cuando Frances entendió lo que Becky estaba insinuando, el rojo del rostro pasó de cólera a vergüenza. Se tocó el cabello frenéticamente, tocando por todos lados, hasta sentir el semen entre sus dedos. Se dio media vuelta y corrió al baño de huéspedes, a lavarse, mientras que Becky se sentaba en el sofá de la sala principal, frente a la chimenea, diciendo en voz alta "Ponte cómoda. Mi casa es tu casa".

Una vez que Frances se aseguró de estar limpia, volvió a la sala principal, con un mechón de cabello empapado, y se sentó en el sillón al lado del sofá. Becky seguía observándola con una sonrisa pícara, aun reprimiendo las risas.

-¿A qué viniste, Becky? —preguntó Frances, soltando un suspiro-. ¿Vienes a burlarte de mí? ¿De la persona en la que me he convertido?

-¿Burlarme? ¡Pero querida Fran, si estoy tan feliz por ti! Más que feliz. ¡Estoy orgullosa!

Rebecca se inclinó sobre el sofá para acercarse a Frances, y darle un incómodo abrazo, el cual Frances aceptó a recibir, sin realmente quererlo. Apenas Becky se separó de ella, colocó una mano sobre su pantorrilla, como para continuar con sus señales de afecto.

-Querida, por fin saliste del cascarón social del que estabas tan atrapada. ¡Mírate! ¡Tuviste tu primera noche loca!

-No sólo la noche…

Donde antes una mano se había posado afectivamente en su pantorrilla, ahora la misma mano la abofeteaba en el mismo lugar, de forma juguetona. Frances seguía colorándose de vergüenza, y esta vez usaba sus manos para cubrirse, mientras que Becky mostraba todos los dientes en una sonrisa de picardía.

-¡Frances Kingston, qué zorra que eres! —exclamó Becky, llevándose las manos a los lados de su rostro, en señal de sorpresa-. ¿Lo volvieron a hacer a la mañana? ¿Le hiciste desayuno?

-No exactamente…

-¿Almuerzo?

-No…

-¿Cena…? —Ante la pregunta de Becky, Frances guardó completo silencio-. No me dirás que aún está aquí, ¿cierto?

Una vez más, reinó el silencio.

-¡Fran! ¡Qué demonios! La idea es acostarte con él, y luego dejar que se pierda en la noche. Se supone que estás intentando superar lo de tu último matrimonio, y ya estás intentado emparejarte con otra persona.

Frances se mantuvo en silencio. Tuvo que esperar hasta haber tenido una interacción con otro ser humano que no fuera sexual para que reaccionara. ¿Qué estaba haciendo? ¿Qué estaba buscando? ¿Qué quería de aquel jardinero? Estaba segura de que para él, ella debía de ser otra conquista más, un día de placer y un desayuno gratis, aunque quemado. Un hombre como Jack podría tener a cualquier chica joven, fácil y más parecida a él. Frances no se sentía… accesible. Sentía que había mundos de diferencia entre los dos, y ni siquiera estaba pensando en la educación de ambos, o del estatus social. Frances tenía sobre ella una carga emocional de la traición de su esposo, mezclada con la decepción sexual de un frío matrimonio.

Su amiga debió de haberse dado cuenta de lo que pasaba en la cabeza de Frances o, al menos, debía de pensar que sus palabras habían sido tomadas de la peor manera, por lo que intentó arreglar el asunto.

-Escucha, quiero que sepas que está bien lo que estás haciendo. O al menos, es lo normal. Te merecías un día así, ¿sabes? —contestó Becky, intentando aparentar ser una sabia hermana mayor, a pesar de ser menor que Frances por al menos cinco años-. Lo importante es que no estuviste con nadie conocido, nadie que pudiera hacer correr rumores, ¿sabes?

Justo en ese momento, se escucharon pasos de alguien que bajaba por las escaleras. Entrando a la sala, se apareció un Jack que se acababa de despertar, con el torso y las piernas completamente descubiertas, mostrando un cuerpo lleno de vellos y músculos quemados por el sol y el trabajo físico, con sólo un bóxer cubriendo un miembro que aún mantenía parte de su tamaño de hacía una hora cuando estaba completamente erecto. Su cabello negro, el cual parecía estar poniéndose gris en algunas puntas, de forma casi imperceptible, brillaba por la humedad. Jack pasaba una toalla por su cabeza, como si acabara de refrescarse.

-Fran, me desperté y no te vi a mi lado. Supuse que querías volver a hacerlo en algún otro lu... -Jack se interrumpió al darse cuenta de que había otra persona en la misma habitación que su amante, la cual tenía la boca abierta de par en par. Jack pareció tragarse toda su confianza sexual, aunque no parecía ponerse nervioso frente a otra persona observando su cuerpo-. Oh, no sabía que tenías visitas. Disculpen que...

-¡Oh, no te preocupes! —gritó Becky, nerviosa, riendo como una tonta, entre el pánico y la sorpresa-. ¡Becky!

-¿Qué? —preguntó Jack, levantando una ceja.

-¡Mi nombre! ¡Becky! Bueno, es Rebecca, realmente. Pero

45

puedes llamarme Becky. O lo que tú quieras, realmente...

-¡Rebecca! —exclamó Frances en un sonido ahogado, dándole una palmada en un brazo para llamar su atención-. ¡Contrólate!

Becky alzó los hombros, como si no entendiera qué había de mal en su comportamiento. Jack rio al presenciar la escena.

-Es mejor que me vaya. Ustedes parecen tener mucho de que hablar —Jack se dio media vuelta, y volvió a subir las escaleras, dejando que su culo marcado hiciera una visible impresión en el rostro de Becky. Al llegar al frente de la escalera, dijo-. Un placer... Becky.

Y desapareció hacia el piso de arriba, dejando detrás de él las risas de una niña colegiala que se enamoraba por primera vez. Apenas se aseguró de que el jardinero no podía escucharla (aunque no le importaba realmente), Becky se volteó a observar a Frances, con el rostro marcado por la sorpresa.

-¿Te acostaste con Jack? ¿El jardinero? —Becky soltó una carcajada, volteando el rostro al techo-. Digo, todas lo pensamos en algún momento, pero nunca pensé que serías tú quien se convertiría en una ama de casa desesperada.

-¡Hey! ¡Pensé que no había...! —Pero Frances se detuvo una vez que las palabras de Becky resonaron en su cabeza-. Espera, ¿cómo sabes quién es?

-Querida, todo el mundo conoce a Jack. Él se encarga de los jardines del Club Campestre Esmeralda, y de varias casas de este vecindario. Y créeme, no es exactamente conocido por sus habilidades de jardinería. No con un culo como ese...

El rojo de la vergüenza que colgaba del rostro de Frances fue rápidamente reemplazado por un color pálido, en una combinación de *shock* y terror. Había tanto dentro de lo que acababa de escuchar que la hacían entrar en un ataque de pánico. Si antes no habían rumores de lo que Frances hacía (o con quien lo hacía), ahora de seguro todos hablarían de ella. Pero a pesar de que su reputación podría estar permanentemente dañada, y las posibilidades de conseguir a un hombre decente dentro de su mismo círculo, imposibilitadas, había algo que le dolía más que cualquier otra cosa, por alguna extraña razón que ella no era capaz de entender. "¿Jack se acuesta con otras mujeres?" pensó Frances.

El primer instinto de Frances fue preguntarle a Becky qué más sabía al respecto, pero en seguida se calló. Si era verdad que Jack se "encargaba del jardín" de las otras mujeres del club, no quería saberlo. ¿Y realmente importaba? "¿Qué esperabas, tonta? Es un encuentro de una noche, no es como si te fuera ser fiel, igual que no lo ha sido con ninguna otra. No tiene porque serlo. No hay ataduras". Frances entró en un estado de tortura a ella misma. No era capaz de soportar tal humillación. Había caído tan bajo como su esposo. Se había acostado con el servicio del hogar. Empezó a transpirar con fuerza, y sintió que el pecho le crecía a una velocidad anormal.

Becky había cesado todas sus risas, y donde antes había una expresión jovial, ahora se marcaban tonos de preocupación en sus facetas.

-¿Fran? ¿Estás bien? —Preguntó Becky, observándola con los ojos abiertos-. Estás quemando tu sillón.

Frances volteó la mirada a sus dedos, y observó la colilla de cigarrillo casi acabada, con la ceniza cayendo sobre el rojo sillón y dañando la tela. Con mucha aparente y falsa calma, Frances procedió a apagar el cigarrillo en el cenicero de cristal sobre la mesa de café, el cual siempre tenía puesto para sus visitas, aunque fuera ella quien lo estuviera usando esta vez, y con la misma tranquilidad, empezó a golpear a su amiga con uno de los cojines vino tinto del sofá.

-¡Hey! ¡Fran! ¡Detente! —Gritó Becky, alejándose de su amiga hacia una esquina del sofá-. ¿Qué haces? ¡Ya para!

-¡Estúpida! —gritó Frances, continuando con su ataque de ira en forma de cojines-. ¿Por qué tuve que escuchar tus consejos? ¿Por qué me hiciste salir contigo? ¡Ahora estoy arruinada!

-Frances, sólo estas enfadada y confundida, pero no has hecho nada malo. Sólo te has estado ventilando —Becky saltó del sofá, y corrió a refugiarse detrás del sofá, mientras que Frances tomaba almohadillas de todos lados de la sala y procedía a arrojárselas a su amiga-. ¿Qué te parece si nos calmamos y respiramos un poco? Conozco unas formas de ventilar la ira que son muy sanas...

-¡Puta! ¡Maldita puta!

-Bueno, eso también funciona... -dijo Becky, y recibió un proyectil acolchado en el rostro-. ¡Vamos! ¡Te estaba haciendo un favor! ¡Tú viniste a mí!

Temiendo haberla enfadado de más, Becky se cubrió el rostro con sus brazos, y corrió hacia el pie de las escaleras, cercanas a la puerta principal. Frances, que había pasado del blanco pálido del susto al rojo de la ira, volvía una vez más al blanco del susto, pues al perseguir a Becky hasta su lugar de refugio, notó que Jack las estaba observando desde el piso de arriba. Entonces, tragó saliva, hizo lo posible para parecer calmada, y escondió el cojín detrás de ella, como una niña que esconde sus malos actos de sus padres en un pobre intento.

-Vaya, ni siquiera yo hago que te exasperes de esa manera —contestó con una sonrisa seductora.

-¡Y además es gracioso! ¡Este jardinero es divino! —susurró Becky, pero Frances la calló de una palmada.

Arremangándose la roja camisa, Jack bajó lentamente las escaleras, produciendo una gran impresión a su paso. Las dos mujeres no pudieron evitar el aura de sexualidad que el jardinero emanaba de él, con su negra chaqueta que lo hacía parecer más musculoso de lo que era, sus zapatos marrones que lo hacían parecer como un vaquero misterioso que llegaba a seducirla, y sus oscuros *jeans* que lo hacían... "lo hacen verse muy bien" pensó Frances, mordiéndose el labio inferior en un reflejo casi instintivo.

Una vez que bajó la escalera, se dirigió hacia las dos chicas con una sonrisa. De cerca, su cabello bien peinado hacia arriba y su barba recortada lo hacían verse como un excitante extraño que hacía que todos se murieran por conocerlo.

-Creo que es hora de que me vaya.

-No… no tengo tu número –dijo Frances en voz baja, pues no deseaba tener una conversación con él frente a su amiga, aunque era inevitable.

-No te preocupes. Ya me pasaré por aquí. Trabajo para ti, ¿recuerdas?

Jack se acercó hasta tener a Frances frente a frente, y se despidió de ella con un largo beso apasionado y excitante. Frances sintió la presión de sus labios contra los de ella, y la lengua que entraba y la llenaba igual que lo había hecho su miembro anteriormente, en ese mismo día. Al separarse, un pequeño hilo de saliva los continuó uniendo, como si sus bocas no quisieran separarse. Entonces, Jack acercó su boca hasta el oído de Frances, y ella sintió como toda su piel se erizaba al sentir la presencia del musculoso jardinero tan cerca de ella.

-Eso es para que tengas algo con lo que recordarme –susurró, como si fuera un secreto para los dos amantes, aunque Becky estaba presente y podía ver (y claro que estaba viendo) todo lo que ocurría. Jack procedió a separarse de ella-. Te veré pronto. Te lo prometo.

-¡Adiós, Jack! ¡Fue un placer! –gritó Becky, detrás de Jack, a pesar de que estaba al lado de él. Parecía estar temblando de la excitación, como si se tratara de un chihuahua.

-Igualmente… Becky –Se despidió Jack, con una sonrisa. Tomó la mano de Becky y le dio un beso en ella, haciendo que la amiga de Frances estuviera a punto de desmayarse de la emoción.

Entonces, así como había llegado, como un misterioso extraño en un pueblo que no le pertenece, de la misma forma se fue, por la puerta principal, cerrando detrás de él.

-¡Becky! –gritó Rebecca, igual que antes, a pesar de

que Jack ya estaba muy lejos para poder escucharla. Entonces, se volteó a ver a Frances, igual que antes-. ¡Dios, es tan sexy! ¡Por favor, te lo cambio por mi esposo, si quieres!

Si Frances no hubiera estado tan visiblemente turbada por la llegada e ida de Jack, le hubiera dado una palmada a su amiga, o hubiera exclamado algo como "¡Becky!". Pero en lugar de eso, la mente de Frances viajaba a otros lugares, a lo que su amiga le había dicho del jardinero comunal, a lo que eso significaba de ahora en adelante respecto a su reputación y, sobre todo, respecto a su vida personal, la cual parecía haberse quedado sin rumbo.

 -¿Becky?

 -¿Sí, querida, calmada, y para nada iracunda Frances?

 -Creo que es hora de que salgamos de nuevo.

7. UNA FANTASÍA

A duras penas, Rebecca había sido capaz de convencer a su amiga que salieran la próxima noche, pues ya eran más de las doce cuando las dos se despidieron. A la tarde del día siguiente, Rebecca se apareció frente a la puerta de Frances. Como era costumbre, sacó su espejo de mano y se arregló un poco el cabello negro que le llegaba hasta los hombros, y aprovechó para reforzar su labial. Sin embargo, antes de que pudiera guardar su espejo y tocado el timbre, Frances abrió la puerta de golpe, como si la hubiera estado esperando. Becky no pudo evitar sobresaltarse.

-¡Dios, Frances! –dijo, recuperando el aire-. ¿Cuánto tiempo llevas ahí?

-Dijiste que llegarías a las cuatro –contestó Frances, con una intensa expresión de contratiempo- Son las cuatro y cinco.

Rebecca observó a su amiga con un rostro de incredulidad, no tanto por su repentina obsesión respecto a la hora, sino por como iba vestida. Tenía puesto un vestido de verano, que iba entre colores verde, azul y amarillo, con ciertos cortes que mostraban mucha piel, y que no cubría hasta las rodillas, revelando unas hermosas y firmes piernas para su edad. Además de que no cubría los lados de su pecho, revelando un negro sostén a través de la tela casi transparente.

-Fran, ¿qué estás usando?

-¿Qué? ¿Piensas que se me ve mal? –El rostro de Frances cambió de uno de contratiempo a un rostro de pánico, desesperación, sentimientos que Becky no hubiera conocido de su amiga de no ser por la vez que se había aparecido por su casa, después de haber descubierto la infidelidad de su marido- . ¿Debería cambiarme? Compré otras cosas, también.

Frances tomó a Rebecca de la mano, y la haló hacia adentro con fuerza. La llevó hasta la sala, donde ella le enseñó a su amiga el cuarto repleto de nuevas prendas de ropa y bolsas de diferentes tiendas de la ciudad, las cuales vendían camisetas, *shorts*, vestidos y faldas con estilos urbanos, modernos, y en ocasiones joviales, nada de lo que Frances usaba normalmente. Becky debió de haber contado al menos 10 bolsas de compras.

-Dime, ¿qué puedo usar entonces? –preguntó Frances, tomando un vestido púrpura y colocándolo encima de su pecho-. ¿Este se me ve mejor? ¿O tal vez sería mejor probar con un *top*? Tal vez podría ir con algo más atrevido.

Al ver la desesperación de su amiga, Rebecca se acercó a ella y la tomó con fuerza de los brazos, igualando su intensidad, y por un momento Frances se incomodó ante la idea de que podría besarla.

-Fran, estás hermosa con lo que tienes puesto –dijo Becky, y le sonrió con dulzura-. ¿Quieres que nos vayamos?

Ella asintió, hinchada de emociones que Becky no alcanzaba a comprender. ¿Qué estaba ocurriendo dentro de la cabeza de su amiga? ¿Acaso Jack no había estado ahí para ella, para aliviar el dolor que sentía por haber terminado con un matrimonio de hacía varios años? Aunque apenas habían pasado unos días, Becky intuyó que lo que sentía Frances era algo más que ella misma no debía de entender, y se preguntó si se debía por Jack, o porque no había pasado por todas las etapas del duelo.

Queriendo ayudar a su amiga y consolarla (o más bien, queriendo salir de fiesta), Becky tomó a su amiga del brazo y la condujo hacia afuera.

Frente a la casa de los Kingstons había un taxi muy familiar. El conductor, Luc, saludó a las dos mujeres muy efusivamente desde la cabina del auto.

-¡Señora Kingston! ¿Cómo se encuentra usted? –Saludó Luc, saliendo del auto para abrirles la puerta trasera a sus clientes-. ¡Es tan extraño recibir una llamada de usted a estas horas!

-Nada de hablar, Luc. Ni hoy, ni nunca —contestó Frances, con la frialdad que tanto la caracterizaba en su trato al pobre conductor-. No quiero que nadie se entere de estas salidas, ¿vale?

-Seguro, no hay problema —dijo Luc, encogiéndose de hombros.

Las dos chicas entraron al auto, y el conductor cerró la puerta detrás de ellas. Entonces, los tres se alejaron del vecindario, en busca de clubes y bares lo más lejanos a su círculo social como fuera posible. Durante el viaje, Frances se mantuvo mirando a través de la ventana con mirada perdida, o con la vista puesta fija en sus zapatos blancos de tacón.

Sintiendo la tensión del momento, Becky se acercó a ella, en busca de conversación, arrimando su cuerpo hasta estar pegada al de su amiga.

-Hey, no me has preguntado cómo me fue a mí.

-¿Cómo? —preguntó Frances, como si no hubiera esperando escuchar un sonido de parte de su amiga.

-Digo, esa noche en la que salimos juntas, en la que tú tuviste tu encuentro con Jack, yo también tuve un plan, ¿te acuerdas? —dijo Becky, soltando una risa coqueta-. ¿No te da curiosidad?

-¡Cierto! ¡Estabas a punto de…! —Frances se calló, pues no quería que Luc las escuchara, por lo que siguió hablando en voz baja-. ¡… de tener un trío! ¡Con dos hombres!

-Querida, hay mucho que aún tengo que contarte…

"No fue nada del otro mundo, realmente. Sólo una chica entre dos hombres muy apuestos, muy distintos, y sin ser capaz de elegir entre los dos. Por eso me dije, ¿Por qué elegir? ¿Por qué no tener a los dos? Claro que te hubiera compartido a uno de esos bombones, e incluso te hubiera dejado elegir al que tú quisieras, ya que a mí me hubiera dado igual. ¡Los dos eran tan divinos! Pero claro, ya tú habías encontrado a alguien. ¡Si tan sólo hubiera sabido que se trataba de Jack, el jardinero de todas las amas de casas de…!

53

En fin, supongo que no tengo que recordarte eso. Te alteras fácil, ¿lo sabías? Bueno, continuando con mi historia, déjame hablarte de estos dos portadores de grandes… personalidades, claro.

El primero se llama Raúl, no sé si te acuerdas de él. Era el que usaba una barba recortada y el cabello largo, amarrado en una cola. Era un negociante de cosas exóticas, aunque no me acuerdo de qué. El otro guapo, por otro lado, era un amigo de Suecia que venía de visita. Ya sabes como son de liberales allá con el sexo, ¿no? Y para hacerlo mejor, era el prototipo perfecto de hombre escandinavo, con su cabellera rubia, sus divinos ojos azules, y su gran cuerpo musculoso y lleno de tatuajes. ¿Cómo sé lo de los tatuajes? No te preocupes, ya pronto llegaremos a eso. ¿Su nombre? Uhm… ¿Sven? No sé, no suelo acordarme de los detalles sin importancia. Llamémoslo Sven, ¿vale?

En fin, vayamos al centro de la historia. En algún momento de la noche, cuando ya nos habíamos separado a buscar placer cada una por su lado, recibí un mensaje de mi marido que decía que tenía mucho trabajo acumulado, y que no volvería a casa esa noche, pues tendría que dormir en la oficina. De seguro se estaba acostando con la secretaria, por lo que les dije a los chicos que me acompañaban, que por qué no nos íbamos de ahí, ya que mi casa estaría completamente sola.

Salimos del bar Le Monz, nos montamos en un Ferrari deportivo rojo, de esos que valen una fortuna, perteneciente al sueco. Pasamos por varias calles, gritando por las ventanas, casi estrellándonos con otros autos en el camino. Me sentí joven y viva, ¿sabes?

Lo siento. No importa lo que sentí antes del acto, sino después, así que saltaré a eso. Estábamos en mi habitación, los tres sentados en mi cama, la misma que comparto con mi esposo, con las almohadas blancas y las sábanas rojas. No sé por qué, pero de tanto hablar, empezamos a conversar sobre los atuendos de cada uno. Yo dije algo sobre sus *jeans* blancos, y cómo parecían hermanos por usar los mismos pantalones, y las mismas camisas polo, aunque la de Raúl era naranja y la de

Sven era azul cielo, igual que sus ojos. Entonces, recordé que yo también tenía un atuendo que podría gustarles, y ellos se animaron ante la sorpresa. Busqué en mi clóset, en lo más profundo y recóndito, hasta encontrar mi uniforme de colegiala, el mismo que usé en mis últimos años de la escuela, cuando apenas tenía dieciocho años.

Claro que he crecido un poco desde entonces, por lo que tuve que amarrar la blanca camisa entre la zona del busto y la del ombligo, haciéndome ver un poco más… atrevida. Ok, no atrevida, sino más zorra, pero lo importante es que estaba causando efecto en mis invitados. ¿Era porqué la camisa quedaba tan apretada en mi cuerpo que mis senos estaban a punto de salir del negro sostén tipo *lingerie*? ¿O era porque me había cambiado en frente de ellos, sin pensarlo dos veces? No, no era nada de eso, y yo lo sabía. Era mi roja falda de cuadros, la cual también me quedaba muy corta, revelando mi grande y redondo culo. Ya sabes que es mi mejor atributo.

Claro que no hubiera sido caballeroso si una dama como yo se desvistiera frente a otros hombres sin que ellos hubieran hecho lo mismo, así que para cuando terminé de vestirme con mis largas medias y zapatillas sencillas, y tras amarrar mi cabello en dos colas, igual que como lo hacía cuando estaba en la preparatoria, ellos ya se habían quitado las camisas. Aunque ambos hombres eran musculosos, y se notaba que iban al gimnasio a menudo, el cuerpo de Sven era más delgado. Tenía la piel roja por pasar tanto tiempo en la playa (o al menos, algo así me dijo. No le entendí muy bien), y unos cuantos tatuajes de mujeres desnudas o con atuendos atrevidos, estilo pin-up. Raúl, por otro lado, tenía los hombros más anchos, y el pecho lleno de pelo marrón, lo cual le daba un aspecto varonil muy deseable.

Por todo lo que habíamos bebido en el bar, y por lo que seguíamos bebiendo en mi casa, me reía por todo como una tonta. Actué muy coqueta alrededor de ellos, y creo que ellos debieron de haberse sentido que estaban de vuelta en bachillerato, deseando a la colegiala más sexy de la escuela. Me hizo sentir joven y deseada, ser la fantasía sexual de tantos hombres. Casi podía ver como se les caía la baba al pensar en lo que me harían esa noche, si es que podían pensar con la poca sangre que les estaba llegando al cerebro.

Entre risas, me senté en la cama, con Raúl a mi derecha y Sven a mi izquierda, entre los dos hombres con los torsos desnudos y con sólo unos blancos *jeans* cubriendo sus miembros que crecían visiblemente, y que no podía esperar a tocar. Pero claro, como suele ocurrir con los hombres salvajes y musculosos, ellos tenían que tocarme primero a mí, pues estaban de cacería. Empezaron con acercar sus rostros, sin besarme. Raúl acariciaba mi cuello con su barba, mientras que lanzaba ocasionalmente besos lentos, a intervalos, dejando marcas en mí que me hacían reír como una tonta. Sven, por otro lado, no tenía tiempo para besos. Como mi rostro estaba voleado hacia Raúl, el sueco posó sus labios en mi hombro izquierdo, pero su atención estaba puesta en sus manos, las cuales acariciaban con rudeza mi rodilla, pasando lentamente a mis muslos, cada vez más lejos, por debajo de mi falda. Apenas sentí el toque de la punta de sus dedos empujando la fina tela que los separaba de mi sexo, solté un suspiro. Entonces, Sven perdió todo interés de seducirme, y metió su mano de lleno en mis bragas, tocando con rudeza mi vagina. No parecía querer masturbarme, ni creo que estuviera pensando en darme placer, sino en recibirlo. No me importaba, pues los suaves besos de Raúl en mi cuello habían pasado a mis labios, y hacían que me mojara lo suficiente como para que los rudos toques de Sven se sintieran bien. Parecía evidente que quería distraerme de las acciones de su amigo, y la verdad es que estaba funcionando.

Nunca he sido el tipo de chicas que se mueve mucho en la cama. Soy una reina, o al menos me siento así cuando estoy en la cama. Por eso, siempre dejo que sean los hombres los que se encarguen de todo, mientras que yo sólo me acuesto sobre mi espalda. Sin embargo, toda esa situación era tan caliente que no pude evitar alargar mis manos, y tocar sus miembros, los cuales empezaban a pulsar en las palmas de mis manos, a través de la tela de *jean*. Sven, quien siempre parecía tomar la iniciativa y que parecía airoso con empezar de una vez, empezó a desabrocharse el pantalón de *jean*, pero lo detuve gentilmente antes de que pudiera quitárselo, posando una mano sobre las suyas. Entonces, deslicé mi mano a través de su ropa interior, alargando mis dedos hasta conseguir su miembro, el cual agarré con fuerza. Sven soltó un gruñido de placer, y luego procedió a sonreír. Como no podía dejar a Raúl de lado, usé mi mano libre para desabrochar su pantalón y darle el mismo trato que a su amigo. Y así, con mis dos manos aferradas firmemente en la base de los dos miembros, empecé a masturbarlos, sin tirar mucho de su piel, pues la tela del pantalón me retenía de hacerlo completamente.

Sven se echó para atrás, listo para recibir placer, sacando su mano de mi sexo, mientras que Raúl, siempre tan dado a darme placer, pasó sus manos por debajo de mi camisa amarrada. ¡Qué divino era Raúl! Sentí sus gruesas y fuertes manos agarrar mis senos, presionándolos con fuerza, jugar con mis pezones usando sólo sus pulgares y su lengua, para luego pasar toda su boca por toda la tierna y sudorosa piel alrededor de mi busto.

Debido a la grata interacción con Raúl, me había sentido inclinada inconscientemente a poner más atención en la mano que estrujaba su miembro. Claro que eso puso a Sven celoso, pues en seguida se irguió y empezó a meter sus dedos nuevamente en mi vagina, sólo que esta vez con mayor cuidado y detalle, buscando darme placer sólo para ser recompensado de la misma manera.

Cómo Raúl era competitivo, cosa que me gustaba de él, dejó de concentrarse en mí por un segundo para apartar a Sven, pues era hora de que me penetrara. Los dos chicos se quitaron por fin los pantalones blancos, Sven revelando una ropa interior roja que parecía ir con él, mientras que Raúl usaba… nada. Al ver que su amigo estaba adelantado, el sueco procedió a quitarse también su ropa interior, revelando su miembro. Sven tenía un pene de tamaño promedio, igual al de Raúl, aunque el del sueco era más delgado.

Me llevé un dedo a los labios, sintiéndome una niña perversa, y me acosté sobre mi espalda, a lo largo de las sábanas rojas. Raúl bajó primero para lamerme mi sexo... para asegurarme de que estuviera propiamente lubricada, aunque estaba tan mojada que no fue necesario. Entonces, procedió a meter la cabeza de su pene, sin buscar tentarme, pero tampoco tan bruscamente. El miembro se deslizó perfectamente dentro de mí, hasta que mi culo chocó contra sus muslos, cosa que ocurriría una y otra vez. Debido al calor del momento y el sudor que se acumulaba en mi cuerpo, las medias empezaron a irritar mi piel. Esa fricción del movimiento, de mi falda subiendo y bajando en el aire con cada penetrada de Raúl me hacía sentir incómoda, pero el miembro de Raúl se sentía tan bien dentro de mí que todo sentimiento negativo se disipó. Además, el estímulo visual de tener el torso desnudo de Raúl frente a mí, con su abdomen perfectamente cuadrado chocando contra mis muslos levantados en el aire, sus grandes pectorales peludos y llenos de sudor por el ejercicio que hacía sólo para darme placer, y las venas en su cuello que parecían explotar de éxtasis hacían que fuera más fácil llegar al orgasmo. ¡Oh, Frances, tenías que haberlo visto! Era como follar con un centauro, pues lo ancho de su pene me hacía sentir que lo estaba haciendo con un caballo.

Claro que Sven no quería quedarse atrás, y cómo siempre pensaba en su placer, aprovechó que estaba de espaldas para tomarme de los brazos y arrastrarme por la cama, con Raúl encima de mí, hasta que mi cabeza ladeó por un lado de la cama. De esa forma, el sueco se pudo poner de rodillas y colocar su miembro en mi boca. No protesté por la rudeza de sus movimientos, pues cuando Raúl me follaba, me llevaba a un mundo de sensaciones tales que hacían que me olvidara completamente de lo que me rodeaba.

Cerré mis ojos, y sentí el pálido miembro pasar por entre mis labios, sintiendo cada una de sus venas azules con mi lengua, hasta empujar su cabeza contra mi garganta como si fuera una lanza. Sven ya había empezado a eyacular un poco de líquido, por lo que una pequeña línea color blanca empezaba a formarse en la comisura de mis labios, y como estaba de cabeza, empezó a correrse por mi mejilla, hasta llegar a mi ojo derecho. A Sven parecía gustarle aquello, pues se aferró de las colas que había hecho con mi cabello, y empezó a follar mi boca, penetrándola como si se tratara de mi vagina. Y hubiera preferido ser yo quien usara la boca con él, pero he de admitir que me prendía un poco el ser usada de esa manera. Y si en algún momento no me gustaba la forma en que se follaba mi boca, el lento movimiento sensual de Raúl sobre mi cuerpo me hacía olvidarlo todo.

Por otro lado, en el frente misionero, Raúl había estado en una batalla para no acabar, pues no quería que las cosas terminaran tan rápidamente. Al menos, no quería acabar primero que Sven, por lo que se esforzaba físicamente, yendo a veces más lento y a veces más rápido, según se sintiera su libido. A mí no me importaba, pues el cambio de velocidades me hacía vibrar de placer.

¿Alguna vez has tenido orgasmos múltiples, Frances? Hasta esa noche pensé que se trataba de un mito, hasta que los sentí múltiples veces en el transcurso de esa noche. Un buen hombre follándote como te gusta es una cosa, ¿pero dos a la vez? Querida, es otro nivel de placer. Entre los dos se encargaban de estimular cada uno de mis sentidos, de cubrirme de nuevas sensaciones, de percibir pequeños encuentros y movimientos de placer en distintas zonas de mi cuerpo. Mi cuerpo no paraba de acabar, y aun cuando yo no podía más, ellos podían por mí.

Finalmente, Sven fue el primero en caer, a pesar de ser el que empezó más tarde. A juzgar por la forma casi salvaje, casi desenfrenada, con la que follaba mi boca, pensé que acabaría allí adentro. En lugar de eso, sacó su miembro justo a tiempo, lo masturbó un poco frente a mi rostro (aunque no era necesario, pues acabaría de todas maneras), proveyéndome de todo un espectáculo al ver desde abajo como saltaban sus testículos, y como su mano frotaba con fuerza el pene que, a esa distancia y desde ese ángulo, se veía enorme, y tan sexy. Pude ver como el estallido de éxtasis hacía que el semen volara encima de mí, cayendo encima de mis pechos, los cuales se balanceaban de un lado al otro por el movimiento de Raúl encima de mí.

Como su compañero había acabado (y más importante, yo había acabado ya varias veces), Raúl se dio permiso de dejarse ir. Lanzó un gran número de gruñidos de placer, gritó la palabra "¡Sí!" varias veces, y arremetió contra mí con rapidez, disminuyendo su paso a medida que el semen me llenaba por dentro. Era una suerte que estaba tomando la píldora regularmente, pues la forma en la que me acabó me llenó por completo de tal manera que podría haber sido peligroso. Cuando por fin sacó su miembro de mí, me sentí vacía de repente, con el semen y mis propios fluidos brotando de mí de tal forma que se sentía como una cascada entre mis piernas.

Claro que esa fue sólo la primera ronda. No iba a traer a dos bombones como esos a mi casa sólo para usarlos una sola vez, en especial si no los iba a volver a ver. Digo, tenía que aprovecharlos, ¿no?".

-Y bueno, así fue básicamente cómo fue mi noche. Nada mal, ¿no te parece? —terminó de relatar Becky, escondiendo su rostro con una fingida vergüenza-. Te contaría cómo siguió la noche, de no ser porque ya estamos llegando al primer bar.

-¡Fue una buena historia, señorita! —exclamó Luc desde adelante, con una sonrisa.

-¡Gracias, Luc! —contestó Becky, efusivamente.

-Suena bien, Becky —dijo Frances monótonamente, como si no hubiera escuchado el relato de su amiga. Entonces, se dirigió a Luc-. Puedes detenerte aquí. Este se ve como un buen lugar para empezar.

"¿Para empezar?" pensó Becky, con la ceja levantada.

No entendía como Frances podía reaccionar como una máquina ante sus escándalos, en especial cuando nadie lo hacía como ella. "¿Qué le estará ocurriendo? Pensé que mi cuento podría animarla ¿Acaso se trata de algo relacionado con Jack? Dios, espero que no se esté enamorando".

8. LA FIESTA

-¿Este bar tampoco? –preguntó Becky, intentado alcanzar a Frances, quien caminaba a paso cómicamente rápido.

-Este bar tampoco –afirmó Frances.

-¡Pero este tenía hombres hermosos! ¡Esculturas griegas! ¡Centauros viriles, y... y...! –exclamó Becky, con el aire escapándose de los pulmones por la marcha forzada a la que se veía sometida. Finalmente, se detuvo, intentando recuperar el aire en sus pulmones, jadeando del cansancio-. ¿Podrías... detenerte un segundo?

Como una niña enojada, Frances se paró en seco. Se dio media vuelta, y marchó de regreso a dónde estaba Rebecca, en medio de la calle peatonal más famosa de la ciudad, pues era dónde se encontraban todos los bares, cafés y discotecas de moda. A los lados de las dos amigas, pasaban multitudes de jóvenes y habitantes de la noche, buscando algo de placer que los distrajera de sus vidas comunes, igual que las dos mujeres que se veían de frente.

Sin decir nada, Becky caminó hasta un banco cercano y se sentó, debajo de un árbol otoñal que le daba un aire romántico, de no ser porque estaba muriéndose del cansancio. Frances se quedó de pie frente a ella, esperando a que su amiga se recuperara, sin necesitar ella descansar en su extraña determinación que Becky no alcanzaba a comprender.

-¿Qué te ocurre? –preguntó Becky finalmente.

-¿Qué me ocurre a mí? ¡Tú eras la que quería que saliéramos! –exclamó Frances, y cruzó los brazos-. ¿Acaso no querías que buscáramos sexo fácil con completos extraños?

Al decir esto, Frances usó un tono de voz suficientemente alto para atraer varias miradas de transeúntes, y Becky tuvo que sentirse avergonzada por su amiga.

-Sí, pero no así. Hemos ido a más de tres bares, hemos conocido a lindas personas con lindos miembros en potencia, y tú simplemente me has tomado de la mano y nos has sacado de ahí. ¡Tres veces, Fran!

-Cierto, pero esa era porque...

-¡Porque no eran lo que estabas buscando, lo sé! – exclamó Becky, seguida de un suspiro de frustración-. ¿Qué estás buscando entonces? ¡Porque si es algo más intenso que un trío entre un sueco y su amigo, no creo que esté a la altura!

Una vez más, esto fue dicho en voz alta, y volvió a atraer miradas y murmullos de los transeúntes. Becky escondió su rostro entre sus manos.

-Puede que haya dicho eso en el tono incorrecto...

Pero a Frances no parecía importarle nada. Se sentó al lado de Becky, y puso su mirada fijamente en los tablones de piedra que constituían el boulevard de bares. Su cabeza le daba vueltas, pero no se sentía mareada. Se sentía determinada a buscar algo, aunque no sabía que era ese algo, ni por qué se sentía así.

Pero como si hubiera escuchado sus plegarias, se presentó ante ellos uno de los transeúntes de la noche que no se parecía a los otros. Vestía elegante, con un saco y unos pantalones negros que debían de costar una fortuna, y una camisa púrpura como si fuera de la realeza, con el cuello abierto que revelaba un collar de oro. Su cabello era marrón puntiagudo, y tenía una sonrisa en su rostro de charlatán.

Igual que todos los transeúntes que habían pasado cerca de las dos mujeres, aquel sujeto misterioso que sólo la noche podía producir las había escuchado, pero a diferencia del resto se había acercado a hablarles.

-Disculpen, señoritas —dijo a modo de saludo, y las dos mujeres dejaron de ver el suelo para fijar sus ojos sobre el misterioso charlatán-. No pude evitar escucharlas al pasar por aquí, y por lo visto están buscando algo... distinto al resto.

-Lo siento, pero no es un buen momento... -intentó decir Becky, pero casi en seguida Frances le colocó una mano en la pierna de su amiga como una señal para detenerla.

-Lo estamos escuchando.

Frances había intentado escucharse seductora, pero la expresión en su rostro denotaba que estaba desesperada, y aquel charlatán lo sabía. Tomando las palabras de Frances como una invitación a estar con ellas, el extraño se sentó al lado de ella, en el banco de piedra.

-Puedes llamarme Foucalt, querida, y resulta que soy algo importante en esta ciudad. Al menos, en lo que se refiere a los placeres de la oscuridad... -dijo Foucalt, soltando una risa comprometedora. Becky puso los ojos en blanco, como si hablara con alguien detestable, pero Frances parecía absorbida en sus palabras, como una adicta que conversa con un traficante-. Justo me dirigía a una... fiesta privada, por así decirlo.

-¿Acaso hay otra forma de decirlo? —contestó Becky con sarcasmo, pero Foucalt la ignoró, pues sabía que su clienta era Frances.

-Digamos que si están buscando experiencias un poco más intensas, este es el lugar al que ir. Claro que, para mantenerlo refinado, no todos pueden entrar. Y aunque estoy seguro que les encantaría tener dos damas como ustedes entre los miembros de esta... fiesta privada, se requiere una invitación.

-¿Por qué sigues haciendo esas pausas antes de decir "fiesta privada"? —preguntó Becky, levantando una ceja. Tomando a Frances de la mano, le dijo-. Fran, no me gusta a donde lleva esto.

-¡Becky, por favor! —gritó Frances, volteándose a ver a su amiga por un segundo, y regresando la mirada a Foucalt-. ¿Cómo podemos hacer para conseguir entradas?

-Bueno, estoy encantado de que me preguntes —contestó el charlatán con una sonrisa en la que mostró todos sus dientes-. Supongo que si ustedes entraran conmigo, a nadie le importaría que dos chicas como ustedes se unieran a la…

-¿Fiesta privada? —contestó Becky, antes de que Foucalt pudiera responder.

-Ya lo estás entendiendo —dijo Foucalt, soltando una carcajada.

Frances y Becky se vieron. Una movía la cabeza en una moción vertical, asintiendo, mientras que la otra se negaba en un movimiento de cabeza horizontal. Parecía un duelo de miradas entre las dos amigas, ambas intentando convencer a la otra de una idea contraria. Mientras tanto, Foucalt miraba su reloj constantemente, como si fuera a llegar tarde a algún lugar (como la fiesta privada), pero realmente sólo lo hacía para jugar con la desesperación de Frances.

-Muy bien chicas, espero que tengan una hermosa noche —dijo Foucalt finalmente. Se levantó de su puesto y se dispuso a alejarse de ellas-. Hasta la próxima.

-¡Espera! —gritó Frances, y Foucalt sonrió.

La fiesta privada tenía lugar en la Avenida 22, a mitad de la cuadra, en un edificio de ladrillos de clase obrera. No parecía la clase de lugares a los que alguien como Frances, Becky o incluso Foucalt iría, a juzgar por como vestía. Sin embargo, Frances se dejó llevar, pensando en que debía de tratarse de un lugar apartado de toda la sociedad conocida e importante, un lugar comprado por alguien que quería mantener aquel mundo alejado de su vida diaria.

Las chicas y el charlatán habían llegado por medio de un taxi que el mismo Foucalt había pagado. Becky se había sentido un poco incómoda tomando un taxi desconocido hacia una dirección desconocida, pero Frances parecía emocionada con la idea, y no dejó de comentar sobre ello durante todo el viaje. Una vez fuera del taxi, Foucalt les abrió la puerta en una señal caballerosa que hubiera pasado como un lindo gesto, de no ser por su sonrisa que lo hacía parecer como si el diablo las estuviera invitando a entrar al infierno.

-Por aquí, señoritas —dijo, tomándolas de la mano, y dirigiéndolas afuera del taxi.

Las dos amigas empezaron a caminar hacia la entrada principal del edificio, pero Foucalt se interpuso entre ellas, y las tomó de la cintura.

-No por aquí, queridas. La única entrada es a través de la escalera de incendios. Así sabemos quiénes son parte de la fiesta y quienes no —contestó Foucalt, y las dirigió a un lado del edificio, donde empezaba la negra escalera hacia lo desconocido-. Si alguien toca el timbre, nadie le abrirá, pues no es parte de la fiesta.

Las chicas se miraron. Frances parecía estar en un estado de ignorancia total sobre lo sospechosa que era toda la situación. Becky seguía incómoda, pero había dejado de protestar sobre el asunto, y se había quedado para apoyar a su amiga, o al menos asegurarse de que llegara viva a su casa tras aquella excursión en busca de malos placeres.

Las dos chicas subieron la escalera de incendios, con Foucalt detrás de ellas, como si se estuviera asegurando de que dudaran al último segundo y decidieran escaparse. Al llegar al piso cinco, el último, las chicas empezaron a jadear del cansancio, pues resultaba incómodo hacer esa caminata en tacones, pero en seguida se tragaron toda su incomodidad al ver una negra puerta donde debería estar la ventana que daba a la escalera. La fachada del edificio, al menos en ese piso, había sido modificada sólo para aquel apartamento, para que pudiera tener fiestas privadas.

-Si creen que esto es impresionante, deberían entrar y ver como han modificado el interior —dijo Foucalt, como si pudiera adivinar en lo que pensaban las chicas-. Cada piso de este edificio está hecho para mantener hasta 4 apartamentos, pero el anfitrión de esta fiesta los modificó para que todo el piso fuera un mismo apartamento. Si no me creen, entremos y véanlo por ustedes mismas, ¿quieren?

Foucalt tocó la puerta con dos golpes exactos, y luego procedió a tomarlas otra vez por la cintura para que cada una de las chicas quedara rodeada por un brazo de él. Tras unos diez segundos que parecían interminables, la puerta se abrió.

Más allá de la gran puerta hacia lo desconocido, donde les invitaba a pasar un guardia de tez morena y dos metros de altura que recordaba a un boxeador famoso en un traje de gala, las chicas se adentraron al mundo de los placeres, como Alicia en el País de las Maravillas, adentrándose a la madriguera del conejo. Las paredes eran blancas, y reflejaban los colores de distintas lámparas que alumbraban la fiesta en colores azules, rojos, amarillos y púrpuras, siempre dando un tono oscuro de subterráneo al lugar. Había una mesa llena de todo tipo de bebidas alcohólicas, una nevera con más de lo mismo, algunos sofás ocupados, un pasillo que daba lugar a varias habitaciones y una pista de baile improvisada donde los miembros de la fiesta hacían cosas más atrevidas que sólo bailar.

Porque si algo diferenciaba a esta fiesta de otras, era la clase de gente que había en ella. Había personas que usaban máscaras de carnaval veneciano, como si quisieran cubrir su identidad. Algunas mujeres no usaban nada de la cintura para arriba, excepto por algún antifaz que las escondiera del mundo real. Las chicas pudieron ver, apenas entraron, a dos mujeres que se besaban apasionadamente, y se masturbaban la una a la otra enfrente de todo el mundo, apoyadas sobre una pared. En otro lado, en uno de los sofás, una chica masturbaba a un hombre por debajo de su camisa, aunque no hacían mucho esfuerzo por esconder aquel acto. Y en la pista de baile… bueno, era muy oscuro para ver, pero se podía decir que la cantidad de luz que se reflejaba en los cuerpos desnudos era impresionante.

-Frances, creo que esto es demasiado para nosotras – Quiso decir Becky, pero la música estaba muy alta, y ni siquiera ella misma podía escucharse.

-¡Bueno chicas, aquí las dejo! –gritó Foucalt, dándole palmaditas en los hombros a las dos-. ¡No se lo tomen personal, pero no son mi tipo de mujer!

-¿Qué quieres decir? —gritó Frances, quien pensaba que Foucalt quería estar con alguna de las dos... o con las dos.

-¡Las reglas son que si no tienes invitación, has de traer a dos mujeres para poder pasar! ¡Y ya que estoy adentro, podemos seguir por caminos separados! —gritó Foucalt, y acercó la cabeza de ambas chicas para que pudieran escucharlo mejor. Empezó a enumerar con los dedos-. ¡Las únicas reglas de esta fiesta son: no empezar ninguna pelea con otros miembros, cualquier acto sexual que involucre penetración ha de ser en una de las habitaciones, y por último, diviértanse! ¡Es una fiesta, después de todo!

-¿Qué dijiste de los actos sexuales? —intentó preguntar Becky, un poco alarmada, pero una vez más la música fue más potente que su voz.

Foucalt, por su parte, gritó una despedida que fue opacada por el sonido tecno en la pista de baile que llegaba a su clímax. Con sus dos manos, le dio una nalgada a cada una de las chicas y desapareció entre la multitud. Las dos amigas sintieron un escalofrío recorrer su cuerpo al sentir el toque de Foucalt, pero el misterioso charlatán ya había desaparecido y no había forma de enfrentarle por aquel abuso.

-¡Creo que él nos estaba usando para entrar a esta fiesta, y no nosotras a él! —Gritó Becky, y Frances asintió con la cabeza-. ¿Ahora qué? ¡No conocemos a nadie aquí!

-¡Podríamos intentar ir a la mesa de las bebidas! ¡Tal vez alguien quiera servirnos un trago de...!

Pero justo cuando las chicas hablaban de que no conocían a nadie, aparecieron unos rostros que les eran muy familiares, aunque no por ello gratos. Roberta Cunningham y su aquelarre de brujas que eran las gemelas Thompson hacían una aparición, saliendo de la multitud para tropezarse casualmente con Frances y Becky. Roberta vestía un traje azul de coctel y lleno de cortes que dejaban poco para la imaginación y estaba llena de marcas de lápiz labial femenino en el cuello. Las gemelas usaban máscaras blancas de conejos, que hubieran escondido su identidad de no ser por la forma en que seguían a la reina abeja que las delataba por completo. Una de ellas vestía un pantalón de blue *jean* y nada más de la cintura para arriba, dejando al descubierto unos senos pequeños y puntiagudos, y un abdomen delgado, lleno de sudor. Su hermana, por otro lado, usaba un *short* de *jean* muy corto, y una camisa negra transparente que, al igual que los cortes en el traje de su maestra, revelaba más de lo deseado.

Aquel encuentro había ocurrido en el momento incómodo en que la música cambiaba a un *track* cuyo volumen era más bajo, de forma que ninguna de las cinco mujeres pudo esconder su vergüenza detrás de la música y el engaño de fingir que no se habían visto, cuando tenían los ojos fijamente puestos las unas en las otras. Aunque Frances había pensado en que Roberta debía de tener perversos fetiches sexuales tras su divorcio, nunca pensó que estaría en la misma fiesta nocturna que ella. Y claro, Roberta nunca pensó que la "señora virtud" estaría en una de las más conocidas fiestas sexuales del círculo social del club.

Ahí se quedaron las dos, viéndose cara a cara, sin ninguna saber qué decir, hasta que finalmente Roberta soltó una carcajada. Premeditadamente y antes de poder escuchar cualquier burla, Frances empezó a ponerse roja de furia, mientras que Becky le colocaba una mano en los hombros para calmarla.

    -¿Pero que tenemos aquí? ¿La divorciada más reciente del Club Campestre? —dijo Roberta y, como era de esperarse, las gemelas la acompañaron con risas. Motivada por la reacción de sus secuaces, Roberta desencadenó sobre Frances un torrente de emociones e insultos reprimidos, que llevaba tiempo recolectando -. Parece que ya no soy la única en el círculo de las divorciadas. ¿Por qué te dejo a ti? Se dice que Jonathan Kingston prefiere la compañía de otras, en especial las del servicio. ¿Acaso no lo satisfacías lo suficiente en la cama, querida?
A pesar de aquel ataque tan rudo sobre el estado civil de Frances, ella fue pasando lentamente del estado colérico

premeditado a un extraño estado neutro, casi de calma. Dejó que Roberta se ahogara, y durante todo el tiempo que ella habló la observó con una ceja levantada, y con una sonrisa reprimida. Su rival no era capaz de entender por qué sus palabras no la afectaban, pero eso no la detuvo.

Finalmente, y quedándose casi sin aliento por hablar tan rápido y tan seguido sin pausar, Roberta cesó su ataque, y le dio la oportunidad a Frances de que respondiera algo, o al menos que demostrara alguna clase de reacción emocional, que se mostrara vulnerable u ofendida.

Pero la reacción de Frances fue muy distinta a la esperada por todos, incluyéndose a ella misma. Primero, cerró los ojos, respiró hondo y exhaló tranquilamente, dejando que cualquier rastro de ira se fuera de su rostro. Luego, sonrió con cierta dulzura y abrió los ojos para ver fijamente a Roberta, su enemiga mortal. Se adelantó un paso, y procedió a abrazarla.

"¿Qué carajos?" pensó Becky.

"¿Qué carajos?" pensaron Roberta y las gemelas.

"¿Qué carajos?" pensó Frances, reprimiendo una risa. "¿Qué me está pasando hoy?"

Luego, una vez que se separó de Roberta, colocó una mano en su hombro y le dijo:

-Ahora te comprendo, y me alegra verte –Y con esas palabras, se separó y se adentró más profundamente entre los invitados de la fiesta, en dirección a la mesa de las bebidas.

Ahí se quedaron Roberta y las gemelas Thompson, con el rostro atónito y la boca en el suelo. Becky, por otro lado, se sintió incómoda al estar sola con las mayores perras del Club Campestre. Intentó encontrar algo que decirles para salirse de esa situación, pero como no encontró nada, tan sólo se fue detrás de Frances, haciendo de una mala situación incómoda una peor.

Al llegar a su lado, Becky pude observar como Frances se servía un trago. A juzgar por el vodka y el jugo de naranja, debía de tratarse de un destornillador.

-Frances, ¿qué demonios fue eso? ¿Tú, abrazando a Roberta? ¿Sin escupirle ácido? —preguntó Becky. Frances parecía no escucharla, y estaba concentrada en crear el trago perfecto, hasta que su amiga la tomó del brazo para obligarla a que se vieran. -¿Estás consumiendo algo? Porque si es así, me siento mal de que no me hayas ofrecido.

-¡No son drogas, Becky! ¡Relájate! —exclamó Frances, con una sonrisa particularmente sospechosa-. Sólo estoy... siendo yo misma. Al menos, un lado nuevo de mí. Y además, es una fiesta. No quisiera pelear con nadie. Es una de las reglas, ¿sabes? ¡Sólo quiero divertirme contigo!

En ese momento, una pareja con máscaras de conejos se acercó a la mesa de las bebidas. Frances los saludó como si los conociera de toda la vida, dio cumplidos sobre sus máscaras y, después de compartir unas risas, ella se ofreció a servirles los tragos. Becky, mientras tanto, se quedó como una estaca a su lado, sin saber que hacer realmente.

-Mi tipo de diversión no es ir a una fiesta en la que no conozco a nadie, hay orgías y masturbaciones en cada esquina, y donde la gente usa máscaras de animales. ¡De animales, Frances! ¡Se siente como si estuviéramos rodeados de psicópatas sacados de una película de terror! ¡Y la amiga de la protagonista siempre muere primero!

-¿De qué estás hablando? —preguntó Frances con una ceja levantada, aunque bien sabía que, si la vida de las dos fuera una película, ella sería la protagonista y Becky su leal compañera-. ¡A ti te gusta esta clase de cosas! ¡Si me dijiste que tuviste un trío con dos hombres hace unos días!

Justo en ese momento, la música hizo una pausa para cambiar de una canción a otra, y todo el mundo pudo escuchar lo que Frances dijo. Aunque a ninguno de los invitados le importó, ya que solían hacer cosas parecidas en sus ratos libres, Becky se sintió apenada de todas formas. "¿Por qué estas conversaciones tienen su punto más atrevido y exclamado cuando todos hacen silencio?" pensó Becky, cubriéndose el rostro.

Por otro lado, Frances parecía no inmutarse por la reacción de su amiga, o de la falta de reacción de los demás. Terminó de servir las bebidas a la pareja, y se prometieron verse otra vez antes de que terminara la noche.

Becky, por otro lado, sintió la necesidad de decir lo que estaba pensando desde hacía rato. Tragó saliva, respiró, y miró fijamente a los ojos de Frances.

  -Inventé lo del trío —confesó Becky
  -¿Qué?
  -¡Qué me lo inventé todo! ¡No hubo ni un sueco, ni un Raúl ni nadie!
  -¡Pero… yo los vi! ¡Estabas con dos hombres la noche que conocí a Jack! ¡Y tu descripción fue muy larga y gráfica!
  -¡Eran gay, Fran! ¡Ni siquiera los llevé a mi casa! ¡Pasé toda la noche bebiendo en el bar, y luego ellos me pidieron un taxi hasta mi casa y ahí seguí tomando!

Becky estaba al borde de las lágrimas, y no terminó de explotar hasta que Frances la tocó en el hombro. Su amiga corrió por el pasillo hasta uno de los cuartos que por fortuna estaba vacío. Con su trago aún en la mano, Frances fue detrás de ella, y cerró la puerta detrás para que ni la música ni nadie los interrumpiera.

El cuarto era completamente blanco, y lo único que tenía era una cama tamaño King de sábanas del mismo color, y una mesa de noche negra a un lado. La habitación tenía como única iluminación una lámpara que pasaba de colores rojos a violetas y azules, siempre haciendo combinaciones. La pared detrás de la cama era un espejo gigante, que debía de ser usado por muchos *voyeurs* que entraban a observar a la pareja de turno.

Una vez solos, Becky se sentó sobre la cama, con el rostro sobre las manos. Frances, sin saber exactamente qué hacer (pues nunca le había tocado consolar a alguien), se sentó a su lado.

-Becky, ¿por qué me mentiste? —preguntó cautelosamente, pues no quería alterarla más de lo que estaba, ni quería herir sus sentimientos.

-¡Porque no quería quedarme atrás! —exclamó de repente, quitando sus manos de sus ojos por un segundo, pero sin ser capaz de mirar a Frances a los ojos-. Siempre quise que tú y yo pudiéramos vivir lo que no vivimos cuando éramos jóvenes. Quería explorar... contigo. Salir en busca de chicos, atrevernos a rebelarnos contra el Club Esmeralda. Supongo que... me sentí celosa de ver como habías conseguido a un hombre que te acompañara esa noche y yo no.

-Becky...

-Sólo... me siento joven, Fran, pero tengo el cuerpo y la vida de una vieja. Y ver como el cambio fue tan fácil en ti, me hizo sentir... -Becky soltó un suspiro y se puso de pie-. Lo siento, sé que no ha sido fácil para ti.

-No, no lo ha sido. Y aún estoy cambiando. Por eso es importante para mí este tipo de fiestas. Quiero... No, necesito estar con otra gente.

-No así, Fran. No de esta manera. Vámonos de aquí. Podemos volver a salir las dos, tú y yo, ir de cacería de chicos. Pero no en lugares así.

Becky tenía una expresión suplicante en su rostro, una que Frances no podía negar, de no ser porque aun pensaba en Jack. Se había sentido abandonada al saber que había estado con otras mujeres, y sintió que el sexo de verdad no tenía ninguna conexión emocional, a pesar de que ella lo había sentido. Frances sentía que necesitaba de otros encuentros casuales, porque quería recuperar esa sensación de cuando tuvo a Jack dentro de ella, después de años en los que su esposo no la había tocado. Necesitaba sentirse deseada y amada, aun si era una sensación falsa. Porque donde ella estaba, no sabía la diferencia entre el sexo y hacer el amor.

Por eso, cuando Becky dijo que se iría a su casa, con o sin su amiga, Frances decidió no acompañarla.

9. CON EL CENTAURO

La música la había protegido de todo lo que sentía. La música y el alcohol, claro. Apenas Becky se hubo separado de ella, Frances se entregó a la noche y a la fiesta. Lo primero que hizo fue beber. Cuando pensaba en que había abandonado a su amiga, se tomaba un *shot* de tequila y lo olvidaba todo. Cuando pensaba en su matrimonio y en su modo de vida que se habían caído a pedazos, bebía dos *shots*. Y cuando Jack se aparecía en su cabeza, pues era entonces cuando tenía que bailar.

Frances se había dirigido al medio de la pequeña pista de baile. Caminó entre la gente, hasta estar rodeada completamente de extraños, y sólo entonces dejó que la música la invadiera por completo. Por la forma en que bailaba, nadie hubiera sido capaz de decir que tenía 44 años. Sin embargo, si supieran la razón por la que baila, entonces hubieran comprendido por qué se entregaba a sí misma a la música. Frances pensaba que todo era parte del cambio, pero en realidad, era un escape. Tal vez ella lo sabía, tal vez sólo quería evitarlo todo.

Alguien que podía leer mejor a las personas lo notó. Un extraño alto y musculoso, y que estaba consciente de que estaba en forma y que era deseable. Su torso iba desnudo, pues sólo usaba unos pantalones negros, e iba enseñando un cuerpo grande y ejercitado. Su corte de cabello era de greñas largas y negras, y su rostro se iba olvidando de la memoria de Frances cada vez que subía la cabeza para observarlo. No importaba, pues Frances sólo tenía ojos para su cuerpo, del cuello para abajo. Después de todo, aunque el extraño sin rostro la había elegido a ella esa noche, Frances había aceptado ser elegida por cómo era él. Su piel color acaramelada, la forma ancha de su espalda, el marcado abdomen que se llenaba de sudor por el constante movimiento de su cuerpo al ritmo de la música… todo eso hacía que ella pensara en Jack.

Los dos se habían encontrado en la pista de baile. No se habían hablado, y apenas se habían mirado a la cara. Lo que había entre ellos era una simple conexión primal, salvaje, cero sentimientos y puro deseo sexual. Empezaron por pegar sus cuerpos al ritmo de la música, restregándose el uno con el otro. La canción de tecno los hacía saltar y moverse, y el alcohol les quitaba cualquier tipo de vergüenza que podrían sentir al hacerlo, además de darles el valor de tocarse con mayor atrevimiento.

En pleno ritmo, el extraño pasó su cintura muy cerca de la de Frances, y ella pudo sentir la erección que se asomaba del pantalón tocando su muslo, al principio rozándolo, y luego yendo de arriba hacia abajo, levantando ligeramente su vestido sin pudor alguno. Frances se mordió el labio inferior, y ante las señales que el extraño le daba, quiso corresponder algunas. Muy ligeramente se levantó el vestido, lo suficiente para mostrar un poco más de piel, pero aun opacando su culo... aunque no por mucho. El extraño parecía haber recibido la señal, pues su miembro creció un poco más, y se atrevió a seguir subiendo entre las piernas de Frances, cada vez más cerca de su sexo. "¿Qué ocurriría si...?" pensaba ella con picardía, pero sus manos se le habían adelantado. Se había dejado llevar por la emoción de la música, el ruido de los personajes enmascarados que festejaban y las luces de colores. Su mano derecha se había aferrado al pene de aquel extraño, y lo empezaba a tocar por encima del pantalón.

Frances pensó que entonces empezaría un duelo de seducciones, igual que había ocurrido con Jack en la cocina de su casa, pero el extraño era distinto. Apenas sintió la mano de Frances en su miembro como clara señal de que ella lo deseaba, la tomó de la mano y la alejó de música y de la gente, a través de uno de los pasillos que daban a los varios cuartos que los invitados usaban para... satisfacerse. Detrás de cada puerta, Frances podía escuchar los gemidos de placer de todo tipo de amantes, y a veces había múltiples sonidos detrás de algunas.

La idea de que ella pronto se uniría al coro de orgasmos que invadían aquel apartamento la excitaba, y la apresuraba a continuar caminando hasta el final. Al pasar por una de las puertas que estaba abierta, Frances pudo ver varios hombres y mujeres follando en todo tipo de posiciones, como una masa de cuerpos desnudos y sudorosos que no podían dejar de darse y recibir placer. Como estaba ebria y le faltaba el juicio, una parte de ella pensó en unírseles, pero el extraño la haló de la mano para que siguieran caminando.

Tras pasar por varios cuartos, el extraño encontró una puerta abierta que daba a uno vacío. Apenas Frances entró, reconoció las sábanas y las paredes blancas, la mesa de noche y las luces de colores azules, rojos y violetas que iluminaban el cuarto. Era la misma habitación en la que Becky y ella se habían separado. A Frances le entró un ligero remordimiento por haber traído a su amiga a aquel lugar que tanto desentonaba con ella, para luego abandonarla en mitad de la fiesta. Frances sabía que su comportamiento había sido extraño, inusual e incluso un poco desleal con su amiga, pero esa pequeña parte de su consciencia desapareció tan pronto el extraño cerró la puerta detrás de él.

     -¿Pasa algo? –preguntó, con una voz gruesa que Frances no esperó.

     -No, no es nada –contestó ella con una sonrisa-. Estoy lista…

Como Frances no sabía el nombre del extraño, su mente creó uno imaginario en el que se llamaba Devin, de forma que no tenía que ponerle alguna identificación. Devin protestó y dio a conocer su verdadero nombre, pero la mente de Frances convertía todo lo que decía en murmullos inteligibles. No sabía si se trataba del alcohol o su corazón que intentaba suprimir todo recuerdo de aquella noche para no crear lazos afectivos o emocionales, pero no importaba. Frances sólo quería sentirse viva, igual que la noche con la que había estado con Jack.

     "Jack…" pensó Frances. Sacudiendo la cabeza para librarse de todo pensamiento sobre el jardinero, se abalanzó contra Devin.

Este parecía confundido ante las reacciones de Frances, primero divertida en la pista, luego pasiva y confundida en la habitación, y ahora salvaje al hacer el amor. Sin embargo, al final no le dio importancia, con tal de que pudiera follar esa noche.

Frances se colgó de su cuello con los brazos y de su cintura con las piernas. Empezó a besar aquel rostro extraño de forma apasionada, o como lo haría una persona ebria. Pasó su lengua por los labios del extraño, lenta y seductoramente, para luego introducirla de lleno. Ella pensó que, con esto, él se vería tentado a tocar su espalda y su culo. Al menos, eso era lo que Jack haría. En lugar de eso, Devin cargó con ella hasta la cama, dejando a Frances acostada por todo lo largo de las sábanas blancas y al musculoso y sensual extraño sin rostro, de pie frente a ella.

Al ritmo de la música que aún se escuchaba afuera, Devin bailó un poco frente a Frances, quien no paraba de sonreír con picardía al ver cómo se movía el abdomen del extraño, perfectamente marcado, y su pectoral inflado y lleno de sudor que latía con cada *beat* de la canción. Tras unos segundos de danza erótica, empezó a desnudarse. Primero, se quitó el pantalón lentamente, al tiempo que se inclinaba cuando el bajo en el *track* de tecno bajaba. Al volver a estar de pie, era como si toda su ropa hubiera desaparecido, excepto por una ropa interior negra y delgada que a duras penas podía contener la erección que guardaba.

Frances pasó un dedo por sus labios, en señal de que quería seguir viendo más del espectáculo *striptease* que ocurría ante sus ojos, aunque ya no había mucho que mostrar, pues Devin no había usado nada de la cintura para arriba en toda la noche, ni medias o zapatos. En lugar de seguir el baile, Devin caminó lentamente hacia Frances. Se subió a la cama, apoyándose de las rodillas y las manos, y se dirigió a ella como una pantera al acecho. Con cada movimiento de su sensual cuerpo, las greñas negras y los collares de dijes se balanceaban a un ritmo hipnotizante. Frances se sentía como una presa, indefensa y vulnerable, como si aquella negra pantera fuera a comérsela… y no le desagradaba tanto la idea.

Finalmente, Devin estuvo encima de ella, aún sin tocarla. Frances se arrinconaba dentro de sí, con aquel cuerpo firme y musculoso encima de ella, tentándola a ser tocado, y con el rostro que no podía ver sobre el suyo, animándola a besarle. Así lo hizo Frances, tímidamente, como la presa que sentía que era ante la gran pantera que la acechaba.

Con cada gentil lamida y pose en sus labios, Devin fue excitándose cada vez más, y Frances pudo notarlo al ver que su miembro crecía de tal manera que finalmente salió de la delgada ropa interior que lo cubría. Devin hizo un rápido movimiento con sus manos y se terminó de desnudar por completo, revelando así el gran miembro moreno que parecía el de un caballo. "Es… muy grande" pensó Frances, tragando saliva. "No sé si pueda con algo de ese calibre". Sin embargo, era más pequeño que el de Jack, aunque más gordo, y era esta anchura la que preocupaba realmente a Frances, pues nunca había tenido algo dentro de ella capaz de… expandirla de esa manera.

Pero sus pensamientos se vieron interrumpidos cuando Devin se levantó sobre sus rodillas, y acercó su miembro hasta el rostro de Frances, la cual se había arrinconado aún más, hasta estar acostada en la cama con la cabeza apoyada en la pared. El pene del extraño acercó su cabeza morada hasta estar a unos centímetros de los ojos de Frances, y era evidente lo que buscaba. Casi sin preguntar, y con un movimiento lento pero decidido, Devin empujó su miembro entre los labios de Frances, y continuó empujando. Frances aceptó dar aquella mamada forzada, pero no esperaba que el pene de Devin fuera demasiado para su boca. Al principio, sólo sintió la cabeza encima de su lengua, pero ésta continuó explorando hacía su garganta, y en un punto fue tan profundo que Frances se asustó. Se levantó un poco de la cama, con los omoplatos rozando la pared, pero Devin la agarró del cabello.

-Relájate, y verás como se desliza –dijo, o al menos eso fue lo que ella escuchó.

Así hizo. Cerró los ojos, e hizo lo posible por relajar los músculos de su garganta. Entonces, el pene procedió a ir más y más profundo, llenándola por completo tanto en lo largo como en lo ancho. Sentía que se ahogaba, y su rostro empezaba a ponerse colorado. Entonces, cerraba los ojos con mayor fuerza, y hacía lo posible por aguantar aquel grueso falo que buscaba quitarle el aliento.

Antes de asfixiarla, Devin se separó de ella, dejando una línea de líquido blanco que colgaba entre la punta morada de su miembro y los labios de Frances, quien jadeaba con fuerza. Aquella penetración a su boca había sido más de lo que ella podía aguantar, y la nueva experiencia era algo que la excitaba, así como ser dominada, pero era algo que no buscaba repetir.

Devin, por otro lado, no pensaba lo mismo que ella. Tomándola del cabello para darle a entender que volvería a cargar contra ella, empezó a mover su pene en dirección a Frances. Ella apenas tuvo tiempo suficiente para recuperarse o prepararse para la próxima penetración oral, cuando sintió el grueso miembro abrirse paso a través de sus dientes. Las venas de los costados se hacían notar dentro de sus mejillas, y la llenaban de tal forma que empezaba a sentir arcadas.

Cuando el pene entraba y salía rápidamente de su boca, era mucho más fácil. La punta golpeaba a la parte de atrás de su cabeza, y a pesar de que cada vez que entraba sentía la boca llena, luego venía un respiro de medio segundo. Pero cuando Devin se emocionaba y lo metía completo hasta que Frances lo sentía hasta la garganta, y lo mantenía ahí de tal forma que Frances se quedaba sintiendo la cintura del extraño sobre su frente, era entones cuando le costaba respirar y su rostro volvía a colorarse. Ella llevaba años sin hacer esto con su esposo, y ahora había llegado al extremo del sexo oral.

Una vez saciado su deseo de recibir mamadas, Devin soltó el cabello de Frances, dando a entender que ya no necesitaba más de su boca. Sacó su miembro lentamente de entre los labios de ella, quien se alivió de sentirse libre. Frances dejó que su cabeza cayera a un lado, con el semen brotándole de la boca hasta caer en su camisa, casi mareada por todo el movimiento que había ocurrido dentro de ella y por la falta de oxígeno al sentir su garganta cerrarse.

-Mastúrbame –dijo Devin, en un tono seco que indicaba que se trataba de una orden. Frances le miró a los ojos, sintiéndose débil por como había sido tratada, y Devin tan sólo siguió mirándola a los ojos- Mastúrbame. Ahora.

Frances asintió débilmente, un poco excitada, preguntándose cuando sería su turno de recibir placer. Puso sus manos sobre el duro miembro que palpitaba en el aire, con el líquido blanco brotándole de la punta y cayendo sobre ella y las sábanas, y empezó a masturbarlo tal y como él había pedido. Su miembro era tan grueso que Frances sentía que con sólo una mano no era suficiente. Empezó estrujándolo, sin querer tocar los testículos que colgaban debajo de la base del falo, y luego lo movió con rapidez. Pensó que, si terminaba pronto, podría tocarle a ella recibir algo de placer, y no se equivocó. Manoseó con tanta rapidez que Devin tuvo que pedirle que se detuviera, pues si seguía acabaría pronto.

Entonces, llegó lo que Frances, a través del alcohol y el deseo, había estado esperando desde que aquel extraño de dudosa procedencia, meneó su torso frente a ella, en la pista de baile. Y este mismo extraño que había presionado su miembro contra la garganta y las manos de Frances ahora retrocedía, con el mismo caminar felino de antes, para esta vez acercar su rostro en los muslos de ella. "¡Finalmente!" pensó Frances, con una sonrisa de alivio. "Me toca a mí".

Devin primero le besó los muslos, rondando el área del sexo, tentándola un poco a pesar de que ella no quería más *foreplay* y buscaba desesperadamente la penetración directa o un juego de lengua mucho más significante. Cuando llegaba hasta su sexo, la besaba gentilmente por encima de la ropa interior púrpura que cargaba (una que había comprado recientemente con la esperanza de verse más joven), gesto que hubiera sido romántico de no ser porque el tiempo de dulzura había pasado, y lo que Frances buscaba esa noche tenía que ser rudo y salvaje.

Cuando por fin el extraño le quitó las bragas, y las dejó de lado, empezó a usar su lengua. Era corta, y daba lamidas rápidas y poco profundas, pero Frances estaba tan excitada que cualquier interacción con su clítoris la hacía explotar de placer. Y si en algo era bueno el juego oral de Devin era en encontrar los puntos más vulnerables de Frances, y retorcerlos con su lengua, al girar de un lado a otro, mojando cada parte íntima de ella, preparándola para la inevitable penetración.

Al cabo de dos minutos, Devin separó su rostro de los muslos de Frances. Ella, quien tenía la cabeza hacia atrás para disfrutar de la sensación oral sin tener que ver a los ojos de este nuevo poseedor de su cuerpo, tuvo que recomponerse, pues no podía creer que eso era todo lo que iba a recibir después de que ella le había regalado su garganta.

　　　-¿Eso es todo? —preguntó Frances, casi con enfado-. ¿No vas a…?

Pero no pudo terminar su queja, pues Devin había forzado su control nuevamente, sólo que esta vez fue divertido para Frances. Con un brusco movimiento, la tomó de su cuerpo como si ella fuera una muñeca de trapo, y la arrojó a un lado de la cama, hasta tenerla acostada con un costado. Luego, se posicionó detrás de ella, acostado también, y procedió a pasar la punta de su pene por encima de la vagina de Frances. Al sentir ella el tacto de la morada cabeza entre sus piernas, un ligero sentimiento le recorrió el cuerpo e hizo que le temblaran los muslos. "Ok", pensó con los ojos abiertos. "Esto sí podría funcionar".

Como la mamada y la masturbación lo habían excitado de sobra, Devin decidió no quedarse en tentaciones, y sin ceremonia alguna ni cortés aviso, la penetró con toda la profundidad de su miembro. Ni siquiera se había molestado en quitarle el vestido, pues buscaba placer y lo quería en ese momento. Frances sintió que sus ojos se iban a salir de su rostro, y su boca formó la letra O por haber sido tomada de sorpresa de esa manera. A pesar de que estaba mojada, le había dolido un poco, pues el tamaño era más de lo que ella estaba acostumbrada a manejar, pero estaba tan excitada que no le importaba. Instintivamente, sus piernas se cerraron contra ella, poniéndola en una posición fetal para resguardarse del gran invasor que había entrado en su cuerpo, pero Devin tenía otros planes. Aún pegado a ella por la espalda, y acostados los dos en la cama, tomo su pierna derecha y la levantó en el aire, permitiéndole un acceso mucho más profundo hacia el interior de ella, hacia todo lo que era ella. "¡Este hombre está loco!" pensó Frances, con un poco de miedo. "¡Es un caballo! ¡Podría partirme en dos!".

Pero ese miedo que sentía Frances también la excitaba un poco por estarse enfrentando al peligro, y ese era todo el lubricante que necesitaba. La saliva del extraño había hecho su efecto, y ahora su pene arremetía con ella con una profundad y una fuerza tal que parecía que cada estocada le quitaba todo el aire a Frances, como si lo empujara fuera de su boca. Cada penetrada era un ejercicio de por sí, y si su pierna se cansaba de estar en el aire, Devin la volvía a levantar. El culo de Frances chocaba contra el abdomen firme del caballo que la penetraba con fuerza, y que ahora empezaba a ir cada vez más rápido o, mejor dicho, más brusco y descontrolado. Devin la folló de tal manera que la cabeza de Frances se balanceaba de un lado a otro, mareándola en una mezcla de éxtasis y placer. Si ella se balanceaba mucho por el movimiento, Devin usaba sus gruesas manos para aferrarse al costado de Frances y mantenerla en su lugar.

-¡Oh Dios! ¡Sí! ¡Dámelo! –gritaba Frances, gimiendo de placer y recibiendo un orgasmo en tan sólo dos minutos-. ¡No puedo más! ¡Estoy acabando! ¡Detente! ¡Detente!

Pero Devin no se detuvo. La continuó penetrando como si se trata de una máquina que no se cansaba, como un martillo de vapor que no dejaba de arremeter contra el mismo clavo en el mismo hoyo. Como no había una palabra de seguridad entre ellos, y como aquella cantidad exuberante de placer e irritación hacían que Frances pensara que quedaría en una silla de ruedas, intentó girar sobre su cuerpo para sacudirse a Devin de encima. En lugar de separarse, lo que logró fue quedar boca abajo en la cama, y como Devin no se detenía, giró con ella. Como ahora no tenía que usar su fuerza para mantener la pierna de ella levantada en el aire, el caballo que era el extraño sin rostro, tenía un mayor y más fácil acceso a ella. Empezó a penetrarla como si estuviera cavando el suelo en busca de petróleo, y esperando acabar de la misma forma. Con el mismo salvajismo que caracterizaba el animal ecuestre en que se había convertido, y con la misma consistencia de una máquina que no es capaz de sentir cansancio, empezó a penetrarla con un toque casi brutal. Frances sentía el gran miembro expandir todo su cuerpo, y cada vez se sentía más llena, más ancha. Cada vena, rozando las paredes de su intimidad, y el aire cálido que exhalaba el caballo al lado de su oreja. Frances empezó a gritar, aunque no sabía si era de miedo o de excitación, pues la cantidad de orgasmos que recibía no era natural, y parecían trastabillar todas las veces en que acababa.

En un punto, sintió que una lágrima se derramaba de sus ojos, dejando una marca negra de maquillaje que se deslizaba por toda su mejilla. Una lágrima que era consecuencia de cuando se estaba quedando sin aire por el gordo falo en su garganta que había estado a punto de asfixiarla. Una lágrima de dolor, de desesperación, del miedo sensual al sentirse dominada por un extraño semental, por un Dios del sexo que la obligaba a doblegarse a todos sus placeres, y una recóndita parte de Frances aceptaba y deseaba sentirse de ese modo.

Devin entonces usó una mano para aferrarse de su cabello y halarla hasta hacerle un poco de daño, aunque Frances era incapaz de sentir dolor por el frenesí sexual que había encontrado dentro de ella. Con la mano libre, la tomó de la boca, cubriendo cualquier sonido que saliera de ella. Entonces, hizo sus últimas estocadas, casi metódicas para asegurarse que fueran las más profundas y las más largas. Frances lanzó unos balbuceos casi gritados de placer, pero su voz quedó cortada por la mano del extraño que la callaba. Una estocada. Dos estocadas. Tres, y Devin tuvo que sacar su miembro con un grito de poder como el de un gladiador que acababa de vencer a su enemigo. Su pene quedó colgando en el aire, balanceándose de arriba a abajo y eyaculando por todos lados. Debido al movimiento, toda la espalda de Frances quedó llena de semen, incluyendo su culo y su cabello (lo cual la hubiera enojado mucho de no ser porque estaba cegada por el sexo).

Ella tan sólo se sintió aliviada porque todo eso hubiera acabado, pues ya no podía más con su cuerpo. Sintió como todo ella, desde su sexo y su estómago hasta su cabeza se desinflaban, como si ella solo hubiera sido un envoltorio para el miembro del caballo, y ahora no era nada. Era demasiado sexo, demasiada dominancia sobre ella, demasiados orgasmos, y nunca pensó que existiría tal cosa. Y ahora que todo había acabado, podía dejar de sentir miedo, y sentir como si… hubiera sido usada.

"Qué extrañó…" pensó Frances, meditando sobre aquel extraño ruido que había entrado en su cabeza. "Me siento saciada. Dios sabe que no podría con otra ronda de bestialismo con el semental, pero… me siento como si no hubiera sido suficiente. Como si algo faltara".

Como el alcohol y el relajamiento del sexo habían hecho que no le importara mucho la propiedad de otras personas, Frances se volteó para estar acostada boca arriba sobre las sábanas, manchado todo de semen con su espalda. Devin, quien se había levantado hace tiempo, estaba sentado en una esquina de la cama, aun terminando de sentir su orgasmo.

-Gracias… -dijo Frances, sintiéndose muy tímida de repente-. Ya sabes… por todo esto, y… por el sexo…

Devin no se molestó en contestar. Tan sólo se vistió lentamente, como si no tuviera apuro alguno o no le importara para nada la presencia de Frances en la habitación. Cuando terminó, salió de la habitación sin siquiera dedicarle una última mirada de recuerdo a quien había sido su última pareja sexual. Entonces, Frances se sintió terriblemente sola, con sólo las luces de colores, el ruido de la música y los gemidos de placer de las habitaciones contiguas acompañándola. Tantas personas teniendo sexo y disfrutando cerca de ella y, a pesar de que la misma Frances no sentía sus piernas y sus muslos, no dejaban de temblar por los recientes orgasmos que la habían marcado por siempre, no pudo sino sentirse un poco mal por como la habían dejado de lado, como si antes hubiera sido objeto de placer, y ahora era basura. O, tal vez, nunca había sido objeto de placer, sino sólo basura.

"Oh…" pensó Frances, con una mueca triste en su boca, pensando en como Devin la había dejado sin siquiera mirarla o dirigirle una palabra. "Es por eso que me sentía usada…".

10. REENCUENTRO

El camino de regreso a su casa había transcurrido en un extraño trance del que Frances no pudo escapar hasta por fin llegar. No recordaba haber pedido un taxi desde su celular. No recordaba el haberse vestido lentamente, casi con asco, aunque no sabía si el disgusto era por el sexo o por ella misma. No recordaba haber salido de la habitación, ni recorrer los pasillos de gemidos, ni del ambiente a sexo que flotaba en el aire y que, por primera vez desde que había presenciado el engaño de su marido, lo encontraba desagradable.

Se había montado en un taxi con un conductor nuevo, totalmente desconocido, pues Frances no hubiera sido capaz de entablar una conversación con Luc en el estado en que se encontraba. El chofer la había visto de reojo a través del espejo retrovisor, para luego sacudir su cabeza, como si ya hubiera atendido a clientes que salían de aquel lugar. Frances se observó a sí misma a través del reflejo de la ventada del asiento trasero, donde pudo ver su cabello desarreglado, el negro rímel que se había corrido de sus ojos y el labial esparcido hasta tocar las mejillas, como la huella de un apasionante momento pasado que poco a poco se convertía en un nauseabundo recuerdo. Y la tira de su vestido que caía por su hombro derecho la hacía sentirse...

"Usada" pensó Frances, entrando a la casa que hacía tan solo unos días había sido su hogar, y que ahora no era más que cuatro paredes y un tejado donde se refugiaba del mundo. Aquel pedazo de tierra había sido testigo de un matrimonio lleno de amor, de un matrimonio fallido, de la pérdida de su esperanza, y el reencuentro con su lado sexual a través de una persona. "Es Jack. ¿Qué tiene él que no tienen otros hombres?".

Frances caminó hasta la cocina, arrojando sus tacones en cualquier dirección mientras lo hacía, y quitándose el vestido de verano de colores verde, azul y amarillo, dejándolo en el suelo. Aquel rastro de ropa que iba dejando detrás de ella la hizo pensar en el momento antes de encontrar a su marido con otra mujer, pero en seguida se sacudió de la cabeza aquel pensamiento. Buscó el paquete de cigarrillos y el encendedor que escondía en uno de los gabinetes. Encendió uno, aspiró el humo, y dejó que el calor la purificara por dentro. Quería sentir como el fuego y el olor a nicotina borraban cualquier rastro de lo que sea que hubiera ocurrido aquella noche.

En ropa interior, se apoyó de espaldas a los gabinetes, con la mirada fija más allá de la barra en su cocina, más allá de las puertas de cristal que daban hacia el patio trasero, hacia la noche, hacia la cabaña donde había encontrado algo puro y verdadero por primera vez en su vida.

"No lo entiendo. Me gustó estar con Devin. Me gustó… físicamente. Pero no se sintió como cuando estuve con Jack". Frances aspiró una segunda bocanada de humo, y no pudo evitar sonreír ante el ridículo pensamiento que había aparecido en su cabeza. Cerró los ojos, y apoyó la mano que sostenía el cigarrillo en su frente. "Chica estúpida. No te estarás enamorando, ¿cierto?". Tercera bocanada de humo. "No existe el amor a mi edad. El amor es para jóvenes".

Frances apagó el cigarrillo al aplastar la cabeza sobre el fregadero, y se quedó un buen rato observando como las pocas gotas de agua que brotaban del grifo se llevaban las negras cenizas hacia el fondo de lo desconocido. Arrojando un suspiro, terminó de desvestirse en la cocina, dejando sus bragas y su sostén sobre una de las sillas frente a la barra. Subió hasta el segundo piso, se dio una ducha de agua fría en la que se quitó todo el exceso a sexo que brotaba de ella, y luego fue a dormirse, cayendo en un profundo sueño.

****

El estruendoso ruido que hacía el teléfono la despertó. Apenas abrió los ojos, sintió un agudo dolor de cabeza. Con una mano apoyada sobre su cabello desaliñado y con la mirada aun entrecerrada, se levantó de la cama y caminó a tientas, buscando el teléfono que se encontraba sobre la mesita del pasillo.

-¿Sí? ¿Quién habla? —preguntó Frances al levantar el teléfono, con un bostezo entre cada pregunta.

-¿Señorita Kingston? ¿Es usted? —preguntó una voz que pareció inquietarse al recibir un informal "¿Sí?" de parte de Frances-. Le llamo de parte del Club Esmeralda. Es para confirmar su asistencia el día de hoy.

-¿Confirmar mi asistencia? —preguntó Frances, con una ceja levantada-. ¿A qué se refiere?

-Pues… al evento de gala, como es costumbre todos los años —dijo la voz a través del teléfono y, al no recibir respuesta, siguió diciendo-. ¿La fiesta de solsticio del verano? ¿El evento más importante del año para el Club Campestre?

"¿Ya es esa maldita fiesta?" pensó Frances, poniendo sus ojos en blanco. "Pensé que tendría tiempo de… de no sé, de que se acabara el mundo primero, antes de llegar a eso".

-Entonces… -dijo la voz a través del teléfono, incomodado por la falta de respuesta.

-Sí, sí. Iré a esa estúpida fiesta, igual que todos los años.

-Muy… muy bien… -contestó la voz, tartamudeando. Era evidente que estaba impresionado por la actitud de Frances ante la fiesta de verano, en especial tratándose ella de una invitada recurrente-. ¿Debería poner que va sola, o con un acompañante?

La respuesta de Frances vino en un arrebato de ira al colgar el teléfono con todas sus fuerzas, y luego volver a colgarlo repetidas veces. Por como aquella nerviosa voz había formulado la pregunta, era evidente que las noticias habían llegado a todos los rubros del Club Campestre. "Me pregunto es qué tanto sabrán…". Frances tragó saliva al imaginar lo que se vendría esa noche.

Cuando Luc llegó esa noche a la casa de los Kingstons, sintió que la mandíbula se le caía al suelo al ver a la señora de la casa aparecer a través del umbral de la puerta. Frances lucía un vestido rojo, corto y apretado alrededor de su cuerpo, resaltando así sus atributos más generosos. Sus zapatos de tacón tipo *stiletto* daban a entender que hoy había buscado sentirse sexy y, por si fuera poco, su cabello dorado y salvajemente peinado, recogido pero a la vez cayendo por un lado en unos hermosos y alborotados rulos, con un labial del mismo color de su vestido, daban a entender que estaba de cacería esa noche. "A donde sea que hayan ido la noche anterior, deben de haberla pasado muy bien" pensó Luc con una sonrisa torcida.

Sin embargo, Frances no tenía una expresión de felicidad en su rostro, de euforia, de excitación o de invitación a algo más. De hecho, no tenía ninguna faceta que se relacionara a como iba vestida, sino que su semblante demostraba un estado neutro, casi vacío por dentro.

Tan impactado estaba Luc de la imagen provocativa de Frances que se olvidó de bajarse del auto a abrirle la puerta, y para cuando ella se acercó, ya era muy tarde. Hizo un movimiento como para dar a entender que iba a hacerlo, pero Frances lo detuvo con un ademán, y abrió la puerta trasera ella sola.

-Buenos días, Luc —dijo Frances, una vez dentro del taxi. No era usual que ella saludara, y Luc lo hubiera tomado como una señal positiva de no ser porque el tono de la señora Kingston indicaba... pues, nada. Ni felicidad, ni tristeza, ni ningún tipo de humor-. Por favor, llévame al Club Campestre Esmeralda.

-En seguida, señora Kingston —contestó Luc, ajustando su gorra y encendiendo el auto.

-Por favor, llámame Frances. O Fran. Señora Kingston suena muy... distante, estos días. O tal vez ya no sea correcto llamarme así.

-Está bien... Frances.

Luc ajustó el retrovisor, para poder observar a Frances sin que ella lo viera a él. Durante todo el viaje, tuvo la mirada puesta hacia la nada, a través de la ventana empañada. Era un día frío, nublado, y Luc sospechaba que el clima debía estar afectando el humor de Frances. Lo que más le extrañaba es que le hubiera permitido llamarle por su nombre, o que le hubiera dicho "Por favor" sin un tono sarcástico o enojado.

A mitad de camino, Frances tomó un cigarrillo y un encendedor de su pequeña cartera roja. A pesar de que no estaba permitido fumar dentro del auto, Luc se lo permitió, pensando que ella debía de necesitarlo en aquel momento. De reojo, lanzando rápidas miradas al retrovisor, observó como Frances intentaba hacer que su encendedor funcionara, sin mucho éxito. "Ha debido de haberlo usado mucho" pensó Luc, con una mueca en su rostro. Abrió la guantera y buscó a tientas hasta sentir el pequeño objeto cilíndrico en sus manos. Entonces, lo pasó hacia atrás sin ver, con la esperanza de que la pasajera lo tomara. No se equivocó.

-Se lo encendería también, de no ser porque tengo las manos atadas al volante –contestó Luc con una risa, a pesar de que no era un chiste. No sabía por qué, pero sentía la necesidad de hacer reír a Frances.

-Gracias —contestó Frances, encendiendo exitosamente su cigarrillo y abriendo una ventana para aspirar el humo.

-¿No tiene frío? –preguntó Luc, lanzando una rápida mirada al retrovisor-. Puede fumar con la ventana cerrada, y yo abro la mía. Así no se sentirá en un refrigerador.

-No se preocupe –dijo Frances, aspirando una bocanada de humo hacia la misma nada a través de la ventana que había estado observando todo este tiempo-. Gracias igual, Luc.

-No se preocupe, Señora Kin… digo, Frances – contestó Luc, haciendo un esfuerzo por sonreír, a pesar de que evidentemente era un día gris para los dos.

Pasaron unos dos minutos en completo silencio, en los que Luc no intentó hacer conversación casual, a pesar de que por dentro se moría por hacerlo. Sin embargo, fue Frances quien dio el primer paso, para sorpresa del conductor.

-No quiero ir a esa fiesta —dijo de repente, en un tono seco que indicaba que llevaba tiempo pensando en ello.

-¿Quiere que demos la vuelta? —preguntó Luc, levantando una ceja.

-No. Tengo que ir. Creo. Sólo... -Frances dejó de hablar por un segundo. Soltó un suspiro, y continuó-. Sólo no quiero ir.

-¿Por qué, Frances? —Se atrevió a preguntar Luc.

-Porque no hay una sola persona en ese lugar que me importe, ni nadie a quien yo le importe —contestó Frances, aunque su voz parecía ir desvaneciéndose mientras más larga era la oración, y revelando una pequeña mancha nostálgica en su voz-. Porque toda mi vida venía a través de mi marido. Mi posición dentro del club, mi reputación intachable, mis contactos, mis enemigos... todos eran porque estaba casada con Jonathan Kingston. Y ahora, pues, no lo sé. Supongo que no lo estoy, y si lo estoy, no lo quiero estar más.

-Sabe, usted nunca mencionó a sus amistades —inquirió Luc-. Estoy seguro que habrá hecho amigos con algunas personas hermosas, y aunque eso también sea consecuencia del Club Campestre y de su marido, nadie le puede quitar esas personas cuyas almas ha tocado.

-Sí, supongo —contestó Frances, soltando otra bocanada de humo.

El conductor hizo una extraña mueca con su boca que Frances no notó. Luc pensó que tal vez se había aventurado muy lejos en su intento por conversar con su clienta más frecuente y de la que nada sabía, y pensaba que tal vez lo último que había dicho podía haber sonado muy cursi para su gusto. Normalmente, no le hubiera molestado el silencio por parte de la señora Kingston, e incluso estaba acostumbrado a ser ignorado por ella. Pero aquel silencio que ahora ahondaba entre los dos era nuevo y de alguna manera revelaba sentimientos de dolor escondidos en una persona con la mirada perdida en la nada a través de la ventana de un taxi.

-¿Qué me dice de Becky? A veces la he llevado a las dos a los mismos lugares. Algo deben de tener en común, ¿cierto? Y estoy seguro de que usted es de su agrado. Después de todo, no es fácil ser amigo suyo, así que por algo se habrá quedado a su lado por tanto tiempo, ¿no lo cree?

Luc acompañó aquel razonamiento con risas forzadas para liberar la tensión de la situación, pero parecía haberlo empeorado todo. En otro tiempo, Frances le hubiera gritado algo sobre no meter las narices donde no le incumbiera. En lugar de eso, esta nueva versión de ella tan sólo bajó la mirada a sus pies al escuchar el nombre de su amiga.

-¿Por qué la llamas Becky? —preguntó de repente Frances.

-¿Por qué la llamo por su nombre? —preguntó Luc, con una ceja levantada-. Es una pregunta extraña, ¿no lo cree?

-Becky es muy… informal. No sólo no la llama por su apellido, sino con una versión cariñosa de Rebecca. ¿Por qué?

-Bueno, ella siempre ha insistido en que la llame así, igual que ocurre con todos mis clientes del Club Campestre. Sólo los verdaderos cretinos me exigen que les llame "señor", como si valieran más que nosotros, ¿sabe… Fran?

Apenas dijo su nombre, Luc se calló al darse cuenta que todo este tiempo había estado conversando con uno de esos "cretinos". Su rostro pasó por el blanco del susto, y luego el rojo de la vergüenza. Pensó en disculparse, pero lo dejó pasar al ver que cruzaba por una cuadra muy familiar. Tras unos cien metros de árboles bien recortados y verde césped cuidado con gran detalle, el conductor y su pasajera llegaron a la entrada del Club Campestre. Frances le dio un billete grande (mucho más de lo que valía aquel viaje), y abrió la puerta para irse antes de poder recibir el vuelto o las gracias de parte del conductor.

Tras caminar unos pasos hacia la entrada, Frances se detuvo por un segundo para luego regresarse hasta donde estaba Luc esperándola, quien aún no sabía qué decir o qué hacer tras el comportamiento irregular de la señora Kingston. Ella se acercó hasta la ventana del copiloto, y el conductor bajó la ventana para que ella pudiera hablar con él.

-Lo siento, Luc. Por todo –dijo, para gran sorpresa de Luc. Mientras hablaba, Frances iba bajando el tono de voz y la mirada-. Lo siento por haberte pedido que me llamaras "señora Kingston", y, pues, por ser uno de esos cretinos.

Luc la observó de arriba hacia abajo, incapaz de creer el extraño cambio que había ocurrido en Frances, pero sonrió con tristeza al pensar que aquella agonía silenciosa que ella sufría le había hecho cambiar para bien.

-No se preocupe, Frances. Si no fuera así, no me hubiera sabido nunca su apellido. Y ahora, siento que la conozco mucho mejor que antes.

-Yo también lo siento así –contestó Frances, sonriendo de vuelta con la misma tristeza-. Creo que me toca enfrentarme a mis propios demonios.

-Y yo estaré esperándola aquí para cuando se sienta lista para escapar –Luc encendió el motor de su auto-. Y oiga, tome lo poco que hay de bueno de ese club y llévelo consigo. Viaje a un lugar, lejos, a dónde nadie la conozca, y verá como deja de importarle todo esto.

Luc le guiñó el ojo, y Frances sonrío con tristeza. Tras despedirse del conductor, dio media vuelta y se adentró hacia los jardines del Club Campestre Esmeralda.

El pequeño campo de flores se abría frente a ella. Caminos de piedra, rodeados de cipreses y áreas techadas de las que colgaban lámparas que iluminaban la vía en dulces y cálidos colores naranja. Y a los lados, escondidos en una total oscuridad que sólo era iluminada por las luciérnagas, se podía vislumbrar una compilación floreada de tulipanes, margaritas, claveles y, por supuesto, las famosas rosas blancas del Club Campestre, las cuales habían hecho que más de un fotógrafo *amateur* impresionara a sus colegas.

Frances recorrió el camino, en dirección al salón de fiestas del Club Campestre. Pasó por la recepción, sin saludar a ningún guardia o empleado, pues ya la conocían. Sin embargo, allá por donde pasaba, iba dejando bocas abiertas y ojos como platos. A medida que más se adentraba al club, más invitados iban pasando a su lado. Algunos conocidos, otros importantes, y muchos enemigos, pero todos hacían lo mismo: la miraban. Todos, sin excepción, dejaban un rastro de murmullos y chismes apenas perceptivos detrás de sus pasos. Algunos conversaban entre ellos, y callaban cuando Frances pasaba a su lado, sólo para luego resumir con un nuevo tema de conversación que no era otro que ella misma. Otros, tan sólo se limitaban a observarla perplejos, sin siquiera tratar de simular su actitud.

Equivocadamente, Frances lo atribuía a los rumores que habían corrido sobre ella y el jardinero personal de gran parte de los invitados de la fiesta, y también por la forma escandalosa que vestía, pues nadie hubiera pensado que la señora Kingston de intachable reputación se vestiría con algo tan rojo, tan corto y tan apretado. Equivocadamente, pues lo que ella ignoraba es que había algo que había cambiado en ella permanentemente, más allá de lo que se pudo haber roto dentro de sí al observar a su marido con otra mujer o con la caída de su matrimonio. No, era algo más, algo que había evolucionado, algo que había encontrado tras recibir el amor de un hombre que la deseaba, y haberse acostado con otro hombre que sólo la había usado. Frances había descubierto algo dentro de ella, había definido los límites de su sexualidad, lo que ella encontraba correcto dentro de su mantra emocional. Lo había adoptado todo en una nueva actitud, la misma que le permitía usar el vestido que llevaba, y vestir de igual forma el manto de rumores que hablaban de ella sin darle importancia.

Subió una pequeña colina, en la que el camino de piedra se transformaba en una escalera. Lentamente, y para no caerse debido a sus tacones, fue paso a paso, lo cual a ojos de su audiencia parecía como si intentara moverse de una manera sensual y, lo que era más extraño aún, lo estaba logrando. Sobre la colina, la esperaba el gran salón de fiesta, un gigantesco gazebo de columnas rojas y tejado de madera caoba. La música de la banda vestida de blanco se hacía escuchar desde lejos, con una melodía rápida y divertida que permitía que los invitados bailarán a discreción. El olor único a buen vino, champán rosado y habanos costosos invadían el aire. Y bajo la pista de baile, donde se concentraba la mayor cantidad de cálida luz naranja, colgaba un candelabro que iluminaba lo que era la famosa fiesta de Primavera del Club Campestre.

Sin siquiera detenerse a saludar a nadie, Frances tomó una copa de champán rosado de uno de los mozos que iban llevando bandejas repletas de diferentes bebidas de un lugar a otro, y buscó una columna de la que recostarse. Desde ahí, pudo observar a todos los invitados, quienes de vez en cuando sorprendía observándola de vuelta hacia ella. No sabía qué hacía ahí, y en todos sus años como parte del Inner Sanctum del Club Campestre Esmeralda, nunca se había sentido tan fuera de lugar como ahora. "La persona que fui ya no existe. Este lugar no es para mí. No más" pensó, y tomo un sorbo de su copa de vino. "Este lugar le pertenece a mi vida pasada, a mi marido y a mi reputación en ruinas".

A través del líquido rosa que consumía y la base de la copa cilíndrica, vio un rostro familiar que se reflejaba en el cristal. Tan familiar, que erizó cada pelo de su cuerpo. Se atragantó con el champán, e hizo lo posible por desviar la mirada, pues Frances era de aquellas personas que pensaba que, si te quedas mucho tiempo observando a una persona, ésta lo sentirá y se volteará de vuelta. Y por nada del mundo quería Frances que se volteara este rostro familiar. Incluso pensó en ocultarse detrás de la columna, pero ya era demasiado tarde. Jonathan

Kingston la había visto.

Tras terminar de hablar con un grupo de contactos potenciales de su trabajo, el señor Kingston se arregló la corbata, se peinó los pocos cabellos que le quedaban en la cabeza, se ajustó la montura de sus lentes y caminó a través de toda la habitación hasta llegar a Frances, dejando detrás de sí un rastro de murmullos igual que había ocurrido con ella.

"Valor, Fran" pensó Frances cuando Jonathan llegó hasta estar frente a ella. "Es sólo una persona. Una persona que destruyó todo en lo que creías, pero una persona al fin".

-Hola, Fran —saludó Jonathan con una triste sonrisa. Parecía como si hubiera querido acercarse a darle un beso en la mejilla, pero se había arrepentido en el último segundo, por temor a molestarla-. Llevo tiempo si verte.

-¡Cómo te atreves…! —explotó Frances y, apenas las miradas se voltearon en su dirección, bajó la voz para no causar una escena, aunque fuera imposible-. ¡Cómo te atreves a venir a saludarme, y pretender que todo está bien!

-¿Qué más puedo hacer? Te di tu tiempo, Fran —contestó Jonathan, tras exhalar un suspiro. Colocó sus manos en los bolsillos de su elegante pantalón, como un niño que está en una situación indeseable-. Escucha, tenemos que hablar de lo que ocurrió.

-No sé si quiera hablar, Jon —Fran desvió la mirada, y se llevó la copa a los labios, mientras que mantenía los brazos cruzados, dando una clara señal de que no quería nada que ver con el hombre con el que conversaba-. Lo que hiciste estuvo muy mal, Jon. Diablos, fue peor que eso. ¡Fue una mierda, Jon! ¡Fue una mierda lo que hiciste!

-Nuestro matrimonio ya era una mierda, Fran —contestó Jonathan, intentando excusarse-. ¿Acaso no lo ves? Llevábamos años sin tocarnos, y cuando hacíamos algo, era una rutina, una que ninguno de los dos quería realmente. Fran, ya no nos amábamos, y esa es la verdad.

-Pero pudiste… no lo sé…

-No. No pude —contestó secamente Jon, y fijó su

mirada al suelo-. Estoy… enamorado. De ella. De María. No había forma de que arregláramos lo nuestro. Nunca hubo forma.

-Pero…

-Lo siento, déjame terminar de hablar —dijo Jon y, al decir esto, se atrevió a tomar a Frances de la mano que tenía libre, desasiendo el nudo que se había hecho con los brazos-. Frances, eres una mujer maravillosa, y no merecías enterarte del estado de nuestro matrimonio de la forma en que lo hiciste. Por eso, te pido disculpas. Pero nada hubiera podido arreglarnos. Si no hubieras llegado tan temprano a casa ese día, te hubieras encontrado conmigo listo para pedirte el divorcio.

Jonathan calló, y Frances quedó en silencio por un buen rato, pero ambos tenían la cabeza llena de ruido. Se quedaron con la mirada fija en el suelo, pensando en las palabras del otro. Jonathan sentía que un peso se había levantado de sus hombros, mientras que Frances cargaba con algo más. Ella siempre había tenido la esperanza de que su ex se vendría arrastrando hacia ella, suplicándole perdón, o que se hubiera enfadado con ella. Pero la verdad, la que le dolía a Frances, es que a pesar de serle infiel, Jonathan siempre había sido un buen hombre.

-¿Puedo decir que te ves espectacular esta noche? —preguntó Jonathan, intentando romper el silencio con una triste sonrisa-. Me gusta tu nuevo look. El cabello recogido te hace ver más joven, y hace que resalte el verde de tus zarcillos de esmeralda.

Frances se tocó la oreja más cercana al mechón de rulos dorados que caían a un lado de su cabeza, y sintió el frío metal entre las yemas de sus dedos. No pudo evitar sonreír. Aquellas fabulosas piezas de joyería habían sido un regalo de Jonathan, y él lo sabía.

-¿Crees que podríamos ser amigos? ¿Algún día?

-No lo sé… -contestó Frances-. Todo es muy rápido. No quisiera pensar en ello ahorita. Ni siquiera sé que será de mí ahora.

-Yo lo veía como una aventura. Eres libre de mis grilletes —dijo Jonathan, intentando hacer un chiste para calmar la tensa situación-. Si te sirve de consuelo, pienso dejarte la casa, y todo lo que hay en ella. Antes de que preguntes que haré yo, no te preocupes. Llevo tiempo ahorrando dinero para una situación como esta, y no pienso dejarte en la calle sin un centavo.

-No tienes que hacerlo, Jon.

-Siempre te voy a querer, Fran. Siempre vas a significar algo para mí. Sólo… ya no es de la misma manera, y estoy bien con eso.

Jon subió la mirada, pues al decir esas últimas palabras, quiso ver a su ex mujer a los ojos. Quería saber qué efecto aún tenía en ella y, de ser posible, averiguar si algún día podrían ser amigos de verdad. Lo que encontró en los ojos de Frances fueron lágrimas, y entonces él entendió. Ambos compartieron un fuerte y largo abrazo, uno de esos que significan un adiós, aunque fuera por ahora. Al separarse, sabían que no tenían nada más que decirse, por lo que Jonathan le dedicó una última sonrisa, dio media vuelta y se regresó al mismo grupo de amigos con el que había estado hablando antes de la aparición de Frances.

Entonces, ella se permitió caminar a paso apresurado al baño de la instalación. Una vez dentro, corrió hasta uno de los cubículos, separados de todos. Se sentó en la tapa de uno de los inodoros y, una vez que estuvo segura de que no había nadie afuera que pudiera escucharla, se permitió llorar.

11. TERAPIA DE AMIGO

Una vez fuera del baño, la noche transcurrió como era de esperarse, con unos cuantos cambios inusuales. Frances pasó gran parte de la noche sola, pero no le importó. Sentía nervios por encontrarse con Becky, pues no sabía como enfrentarse a ella después de la alocada noche en que Frances había abandonado a su amiga para poder acostarse con un hombre que era más caballo que humano. Pero durante toda la velada, Becky no se apareció ni una vez, y como ella nunca se perdía el evento de primavera del Club Campestre Esmeralda, Frances empezó a temer que hubiera ocurrido algo.

El segundo cambio inusual era que Frances nunca había ido como soltera al Club Campestre, más específicamente, separada. Y a pesar de los años que cargaba encima, no los aparentaba, además de estar vestida para matar, tan sexy como nunca lo había estado realmente, y así se sentía. Por supuesto, esto había atraído la atención de algunos de los solteros más codiciados de su antiguo círculo social.

Frances pasó el resto de la noche sentada en la barra o apoyada en la misma columna de antes, rechazando cumplidos e invitaciones de diferentes hombres. Siempre les daba una oportunidad, pero ninguno le interesaba. Todos se parecían mucho a... Jonathan, y no en sus virtudes. O eran muy aburridos, o muy pedantes, o simplemente no podían mantenerlo dentro de sus pantalones. Frances sentía que irse con alguno de ellos sería una vuelta al pasado, y ella ya había cruzado ese punto. Ella necesitaba otro tipo de hombre, una aventura duradera, alguien que la hiciera sentir viva de verdad, y no parecía que iba a encontrarlo en el Club Campestre.

Sin molestarse en despedirse, Frances llamó a Luc para que viniera a buscarla y fue hasta la entrada a esperarle mientras que tomaba un cigarrillo de su cartera y el encendedor de Luc que sin querer se había quedado. No le importaba que los miembros del club la vieran fumar, así como no le había importado que la vieran vestirse de esa manera o de que hubiera hablado con tantos hombres solteros aquella noche. Pensó en que, apenas llegara a su casa, lo primero que haría sería escribir una carta para cancelar su membresía en el Club Campestre, pues tras haberse enfrentado a Jonathan y lo que él representaba, ya no había nada en ese lugar que la atara. Ese era el pasado ahora, y ella estaba bien con eso, o al menos se sentía en paz.

Una vez que llegó Luc, Frances le saludó con la cabeza, abrió la puerta trasera y se metió adentro, igual que la última vez. Ya en el camino, Luc intentó hacer conversación casual con Frances, preguntando cómo había estado el evento y si la había pasado bien. Pero tras no recibir respuesta al preguntar sí había visto a Becky, entendió que la pasajera no quería conversar en ese momento. Pasaron el resto del camino en silencio, hasta llegar a la casa de Frances, donde ella se bajó sin despedirse de Luc, no por descortesía arrogante, como solía hacer antes, sino porque su cabeza no parecía estar en el sitio adecuado. Luc entendió el sentimiento, y se fue sin decir palabra alguna.

Sin embargo, en el extraño trance en que Frances había estado toda la noche, ocurrió algo especial al llegar a su casa. Tan sólo cruzar la puerta de entrada, se encontró con una imagen inesperada y deseable, una que era capaz de revivirla de su inerte letargo, y que fue capaz de sacarle la primera honesta sonrisa en todo el día.

En la sala de estar, acostado sobre el sofá como la musa de un pintor que espera ser pintado, Jack el jardinero esperaba a Frances, con una sonrisa atrevida que sugería que se alegraba de verle. Sus largas piernas llenas de vello masculino se estiraban a lo largo del mueble, y la forma en que estaba inclinada sobre los cojines daban una perfecta visión del abdomen trabajado de Jack, la forma en que los cuadros se movían cuando respiraba, era del agrado de Frances. Y por como vestía, era evidente la razón por la cual la esperaba, pues no tenía nada puesto excepto por la ropa interior negra que se amoldaba al gran bulto entre sus piernas.

-Hola, dulzura. Te estaba esperando a ti —saludó Jack, sabiendo muy bien el efecto que tenía su gruesa voz sobre ella, la cual era el equivalente a un masaje auditivo.

Frances había pensado en que, sin lugar a dudas, era extraño que el jardinero pudiera entrar de aquella manera a su casa, a pesar de que ya había estado dentro de ella (de la casa y de ella, claro está). Por otro lado, aquella sonrisa era capaz de derretir los principios de Frances respecto a que tan cómodo se sentía su amante con ella, y tal vez eso era algo bueno. Por otro lado, su cabeza era un caos debido a lo que había ocurrido en la fiesta del Club Campestre, por lo que le era difícil abordar el tema sexual tras la avalancha emocional por la que había sido víctima, y a la vez parecía la única solución.

En medio de su confusión, Frances se sentó en el sillón al lado del sofá sin decir palabra alguna, ni quitarse los zapatos de tacón o si quiera soltar su bolso. Jack se dio cuenta de que algo no iba bien por la forma en que la dueña de la casa ponía los ojos en el suelo, sin fijarse en él. Se incorporó hasta quedar sentado en la esquina del sofá que más se acercaba a ella.

-Hey, lo siento si esto fue muy atrevido. Pensé que te gustaría que te esperasen así… -dijo, y en seguida bajó la cabeza-. Lo siento. Fue una idea estúpida. Me iré en seguida.

-No, no es eso. Quédate. Por favor.

Jack sintió que Frances estaba al borde de las lágrimas, pero no sabía con certeza si lloraría y, francamente, ella tampoco lo sabía. En ese momento, no sabía que quería, ni que pensar, ni que debía hacer. Sentía que durante toda su vida, había sido capaz de controlar cada aspecto de ella con éxito, desde su reputación intachable hasta su matrimonio con Jonathan, y ahora ella era tan sólo una víctima del caos, dejándose llevar por la corriente, de una orilla a otra. No era capaz de controlarse frente a Jack, o frente a cualquiera que la hiciera olvidar del profundo dolor que sentía. Tenía un agujero dentro de ella que no había sabido como llenarlo, por lo que una vez más, se dejaría llevar hacia los brazos de Jack sin saber realmente si lo quería. Por eso, estaba a punto de llorar.

Pero Jack no quería que llorara. Y ella quería que Jack se quedara, aunque no sabía muy bien por qué.

-Fran, ¿estás bien? —preguntó Jack, tomándola de las manos. Ella alzó la vista, y vio en sus ojos una dulce preocupación que había reemplazado el libido sexual de hacía unos segundos-. ¿Pasó algo hoy en la fiesta?

-No, no es eso. Sólo... -Frances hizo una pausa para aspirar con fuerza, intentando recobrarse o estallar en lágrimas-. ¿Has tenido relaciones con otras mujeres?

-Es una pregunta extraña. No era virgen antes de conocerte, Fran —contestó Jack con una triste sonrisa que en vano intentaba animar el ambiente.

-No quise decir eso. ¿Has tenido relaciones con otras mujeres para las que trabajas? —preguntó Frances, y antes de que Jack pudiera contestar, se aventuró a ir un poco más allá-. ¿Recientemente?

Una mueca se formó en el rostro de Jack, y las preguntas de Frances obtuvieron respuesta sin que fuera necesario decir una sola palabra. El jardinero se levantó del sofá y se acercó hasta estar frente a ella, y se colocó de rodillas para estar a la altura de ella. En todo momento, no soltó las manos de Frances, sino que incluso las apretó con mayor fuerza.

-Querida, no somos un matrimonio. Soy lo contrario a ello, y ya has estado en ambos lados para saberlo. Lo sabes, ¿cierto?

-Lo sé. Y no me importa que hayas estado con otras mujeres. Es sólo que... me sentí vulnerable. Como cuando vi a Jonathan en la cama con otra mujer. Y pensé que tú serías una cura para todo el dolor que sentía adentro. Sabía que no había nada exclusivo entre nosotros, y eso estaba bien. De hecho, no estaba lista para algo serio. Pero tampoco buscaba divertirme y ya. Quería alguien que pudiera… curarme. Alguien que me hiciera sentir especial.

Frances empezó a bajar la cabeza lentamente, con las lágrimas apareciendo lentamente bajo sus ojos. Sin embargo, Jack no dejó que cayera dentro de sí misma. Colocando una mano bajo su barbilla, levantó su rostro hasta tenerlo cerca del suyo. Frances pensó que él la besaría, y no sabía si era lo que necesitaba en ese momento. Sentía que un beso sería capaz de hacer que se estrellara contra el suelo. Pero en lugar de eso, Jack acercó los labios hasta posarlos tiernamente en una mejilla, antes de que las lágrimas pudieran caer. Una vez que se separó, colocó sus ojos color miel frente a los azules de Frances, y ella volvió a sentirse vulnerable, pero compartiendo la intimidad de una forma que era correcta.

-Eres especial, Frances. Al menos, lo eres para mí –Jack posó su frente sobre la de ella, y ambos cerraron los ojos-. Esta persona que eres, tu transformación, el dolor por el que has pasado te ha hecho una mujer muy hermosa. Y si busco follar contigo, es porque quiero sentirme conectado a un ser tan puro y lleno de luz como eres tú.

-Jack…

-Y si no me crees, tengo una forma de probártelo –Jack se levantó y le tendió una mano a Frances en una señal para que ella se levantara-. Quería que fuera una sorpresa para después de… bueno, ya sabes de qué, pero me parece que lo necesitas en este momento.

Frances tenía sus sospechas, pero tras las hermosas palabras de Jack, sentía en ese momento que podía confiarle la vida. Sin dudarlo mucho, tomó la mano que el jardinero le ofrecía, y la llevó lentamente a través de la sala. Ella, haciendo un ruido terrible con sus zapatos de tacón, y él con el sigilo de sus pies descalzos sobre la fina madera, sin querer hacer ni un ruido. Llegaron hasta la cocina, y la primera imagen que la dueña del hogar recibió hizo que se llevara las manos a la boca para apagar un grito de sorpresa.

Lo que no había podido hacer la imagen del ardiente cuerpo desnudo de Jack sobre el sofá de su casa, esperando por ella, lo había logrado una cena casera preparada por el jardinero de la residencia. Sobre la mesa donde habían intentado desayunar hace unos días, había un caquelón con un mechero encendido debajo. Había dos finos y largos tenedores en los extremos opuestos de la mesa redonda, y una gran cantidad de fresas frescas en un pequeño plato, a un lado de la marmita. El distinguible olor a chocolate hirviendo que se esparcía por toda la cocina fue el último indicador que necesitó Frances para entender que Jack había hecho fondue sólo para ella. Y no sólo era la cena, sino la presentación de ella. La luz estaba apagada, y la mesa estaba iluminada tan sólo por la luz del mechero y tres grandes velas rojas que debían de haber sido elegidas con detalle para que combinara con las fresas. Y sobre los pequeños platos en los que descansaban los finos tenedores, había dos servilletas de tela convertidas en pequeños cisnes. Se requería una gran cantidad de sentido romántico para preparar algo así.

Frances se volteó a ver a Jack, quien la miraba de vuelta con una sonrisa. Pero no era la misma que siempre usaba con ella. No era esa que solía usar cuando quería que las piernas de ella le fallaran y se volvieran de gelatina, o se abrieran para él. No, ésta era una sonrisa apenada, vulnerable, íntima. Entonces, ella entendió todo. Aquel gesto era especial no por la cantidad de detalle o de romance detrás del gesto, o porque él había querido hacer algo por ella. Cocinar para alguien, hacerla sentir bien consigo mismo, hacerla sentirse protegida y amada, hacerla sentir especial... esa era la pasión de Jack. Él vivía por ese tipo de cosas. Ese era él dejando que se cayera el velo que cubría su lado más íntimo, uno que no dejaba que otros vieran. Sí, podía follar con otras mujeres si quería, y tal vez porque eso era lo que las otras mujeres necesitaban. Pero Frances, ante esos gestos, se sentía como la musa que inspiraba el arte de Jack, su más grande desafío y placer en el cual trabajar. Ella era su

Magnum Opus, su obra maestra a la cual le había dedicado tanto cariño.

Hubiera sido capaz de saltarle encima y follarle encima del suelo, pero habiendo entendido lo que él intentaba hacer con ella, decidió dejar que fuera él quien tomara las riendas.

Primero, Jack la acercó hasta la mesa sin decir palabra alguna. No era necesario, ambos se entendían con sólo mirarse. Él le acercó una silla, ella se sentó y él empujó detrás, haciéndola sentir como una dama. Al soltar la silla, pasó sus dedos por el cuello de ella con delicadeza, como para hacerla sentir de su necesidad de tocarla, de sentirla, aunque fuera por un breve momento. Entonces, en lugar de sentarse en el extremo opuesto, donde estaba puesto el segundo tenedor, plato y cisne de tela, tomó el asiento y lo acercó hasta estar pegado a ella, sorprendiéndola en ese sentido. ¿Acaso todo lo que hacía era una muestra para sorprenderla?

Una vez los dos sentados lado a lado, él colocó una mano sobre el hombro derecho de ella, y con los dedos empezó a pasarlo por los cabellos juguetonamente. Con un delicado y sutil movimiento, desanudó el nudo de cabellos sobre la cabeza de ella, dejando que cayera la catarata de oro sobre sus hombros.

-¿Te gusta? —preguntó Jack, intentando convertir su íntima sonrisa en la que usaba para el sexo, sin conseguirlo.

-Es… perfecto. No pensé que fueras capaz de algo así… Jack, es todo tan hermoso e inesperado…

-¿Inesperado? Pensé que venías vestida así por mí.

Jack rio mientras que Frances vio el atuendo que ambos tenían puestos o, en el caso del jardinero, la falta de uno. Ambos se sentían absurdos al estar ella tan elegante y sensual con su vestido rojo, y él solo sensual al estar usando nada más que su ropa interior, lo cual no estaría mal si estuvieran en la cama apunto de hacerlo. Pero los dos vestidos así, apunto de comer, era una situación absurda y algo mágica para Frances.

Entonces, ella se permitió reír con él.

Jack estiró el brazo y tomó el tenedor que había dejado al extremo de la mesa. Pinchó una de las fresas, y la hundió sobre el chocolate hirviendo por unos segundos. Cuando lo sacó, sopló el humo que salía de la fresa, y la acercó hacia Frances.

-¿Me lo vas a dar de comer? —preguntó Frances con una ceja levantada.

-No es sexy ni es fondue si no nos damos de comer mutuamente —contestó Jack, acercando la fresa hasta estar a unos centímetros de Frances-. Cuidado, querida. Está caliente.

-No importa. Puedo manejar las cosas calientes —dijo Frances, mirando fijamente a los ojos de Jack. Por primera vez, sentía que no estaba intentado ser sexy, sino que lo estaba siendo. Estaba siendo ella misma.

Jack sonrió ante el atrevimiento de Frances de ser atrevida. Ella procedió a morder parte de la fresa, dejando una parte colgando de la punta del tenedor. El chocolate estaba hirviendo, y a pesar de que sentía que la quemaba un poco por dentro, también se sentía bien, y combinado al ácido y dulce sabor de la roja fresa que escapaba de sus rojos labios la hacían querer más. Saboreando cada parte en la consistencia de ambos sabores unidos, pasó una lengua por toda su boca para atrapar las pequeñas gotas que se escapaban de ella, y luego procedió a morder el pedazo que había quedado en la punta del tenedor, esta vez tragándolo por completo.

Ante esta imagen tan seductora, Jack no había podido apartar los ojos de la hermosa y sensual mujer que nacía a raíz de su pasión, y no fue capaz de ocultar el bulto que iba creciendo entre sus piernas, ni quería realmente. Frances bajó los ojos, notando el erecto miembro debajo de la mesa, y no pudo evitar sonreír, mostrado todos sus blancos dientes que hacían contraste con el labial carmesí.

-¿Te gusta verme comer fresas con chocolate, Jack? —preguntó Frances con voz seductora.

-Me gusta verte comer lo que sea, querida –contestó Jack, con la mirada perdida en los labios de Frances-. Claro que tengo mis preferencias, cuando se trata de mi imaginación…

-Pues me toca imaginármelo a mí –contestó Frances con una pequeña y coqueta risa. Tomando su tenedor, repitió las acciones de Jack. Pinchó una de las fresas, la cubrió con el chocolate hirviendo del caquelón, y la alzó en el aire. Como se había tardado mucho con el tenedor dentro de la marmita, había quedado un exceso del espeso líquido marrón, el cual iba chorreando lentamente y en pocas cantidades. – Es mi turno de alimentarte a ti.

Al acercarle el tenedor a Jack, este lo sopló para quitarle el calor. El viento de sus labios hizo que unas gotas de chocolate cayeran sobre su pecho, bajando por sus pectorales lentamente hasta llegar a su abdomen, haciendo un camino de dulce por todo su torso, uno que Frances se moría por recorrer.

-¿Estás bien? ¿No te quema? –preguntó Frances, sin sentirse muy alarmada al respecto.

-Estoy bien. Quema, y duele un poco… pero también se siente bien.

"Es igual que lo que sentí yo cuando tuve la fresa en mi boca… y también cuando tuve al jardinero por primera vez dentro de mí" pensó Frances, con una sonrisa que quiso esconder sus pensamientos pecaminosos, y que deseaba con fuerza que Jack fuera capaz de leerle la mente, aunque no era necesario para saber lo que Frances pensaba.

-Debo de limpiarte. Me siento mal por ser tan torpe –dijo Frances, tomando uno de los cisnes y deshaciéndolo con la mano-. Deja que yo me encargue.

Jack movió la silla hacia atrás para darle espacio a Frances de que lo limpiara. Ella acercó la servilleta de tela hacia él pero, en un giro inesperado, la dejó en el suelo, y procedió a usar su boca en la piel del jardinero, la cual se tentaba ante el ardiente beso de Frances, el cual quemaba con mayor intensidad y placer que el chocolate. "Yo también te puedo sorprender, querido" pensó

Frances para sus adentros, y se sintió orgullosa de sí misma al ver la reacción de Jack, quien estiraba la cabeza hacia atrás como si quisiera contenerse de algo. "Sólo desearía que no se contuviera, y sé como hacer para que pierda el control".

Con sus labios encendidos por el fuego, Frances pasó su boca por el mismo recorrido dulce que había hecho el chocolate derretido a través del musculoso y bronceado cuerpo del jardinero, aunque deteniéndose en sus paradas favoritas. Bajó por el gran pectoral, rozando uno de los pezones con el labio superior. Siguió su trayecto de besos hacia abajo, cada vez más abajo, dejando algunas marcas en los abdominales con sus dientes. Ligeras marcas, nada que doliera como el chocolate, pero suficiente para invitar a Jack a hacer algo más rudo y con menos inhibiciones. Después, llegó hasta la cintura, donde ya no había chocolate, pero no por eso sabía menos dulce. Pasó su lengua lentamente, y con tentativas cortas por encima de la cintura, rozando la línea entre la carne y la tela que cubría el miembro pulsante del jardinero.

-Sabes, creo que ya lo limpiaste todo —contestó Jack, con la voz temblándole-. Estoy seguro de que ya lamiste todo el chocolate.

-¿Y qué harás al respecto? ¿Vas a detenerme? —contestó Frances, dando un pequeño mordisco en la cinta de la ropa interior, como dando indicios de que sería capaz de quitársela con la boca si quisiera.

-Tengo que hacerlo —Jack levantó el rostro de Frances con su mano. Ella soltó la ropa interior, con una mirada confusa en su rostro, mientras que se volvía a sentar en la silla. Jack notó aquel cambio de expresión-. No estoy rechazándote. Créeme cuando te digo que no hay nada que quiera más en este momento que metértelo hasta la garganta y asfixiarte con mi verga. Pero sé que eso no es lo que necesitas, ni es lo que deberías querer en este momento. Esta noche, querida Frances, se trata de ti.

Frances se ruborizó un poco, pues a pesar de la tensión sexual que estaba a punto de romperse entre los dos, no habían dicho nunca nada explícito. Escuchar a Jack confesarse de esa manera

era extraño, y excitante a la vez.

Gentilmente, el jardinero puso sus manos sobre las rodillas de Frances, y con mucha sutileza fue abriéndolas de par en par. Frances sintió como la tela del rojo vestido se subía hasta su cintura, para dejar al descubierto todo lo que ella poseía de la cintura para abajo, incluyendo una ropa interior negra estilo *boudoir*. Jack sonrió al ver las bragas de ella, y pasó su mirada por cada parte de su cuerpo, hasta volver a conectar sus ojos con los de ella, como si quisiera grabar aquella imagen en su memoria y no quisiera perderse de nada. Frances se sonrojó nuevamente, y quiso apartar la mirada poniendo su cabeza de lado, pero Jack rápidamente colocó una mano sobre la mejilla de ella para regresarla a aquella situación.

-No quiero que te pierdas de nada —contestó Jack, sin dejar de sonreír de aquella manera que era capaz de encender el sexo de Frances y mojarlo al mismo tiempo-. Todo esto es para ti. Y te prometo que te gustará.

Frances sintió la mano de Jack que se desvanecía de su mejilla, y sus ojos se enfocaron sólo en los de él. Sin querer ver nada, se entregó a un mundo de sólo sensaciones. Lo primero que sintió fueron los gruesos dedos de él recorriendo sus piernas, empezando por las rodillas y rápidamente abandonándolas para pasar a sus muslos. La acariciaba por los lados, sin tocarla entre las piernas, como si tuviera otro propósito. Frances no entendía, hasta que vio como Jack se arrodillaba ante ella, y colocaba su torso entre las piernas. Sus manos siguieron acariciando sus muslos, y luego pasó sus pulgares en la línea entre la pálida piel de Frances y la fábrica de la tela negra de sus bragas. Con un ligero y casi imperceptible movimiento, Jack pasó sus pulgares por debajo de la cinta negra, y a medida que fue apartando su pecho, lentamente, fue removiendo las bragas de ella, las cuales sintió como un pincel que pintaba sobre su cuerpo. Sí, ella era su musa, y podía sentirlo cuando la tela que cubría su intimidad era despojada de ella, pasando por todo lo largo de sus piernas, hasta caer más allá de los dedos de sus pies, al suelo.

Instintivamente, quiso cubrir sus muslos por la falta de opacidad, pero Jack no se lo permitió. Al ella intentar cerrar sus piernas, él se las volvió a abrir, volviendo a colocar su torso para evitar que ella se intimidara. Este gesto hizo que ella dejara escapar un suspiro, y Jack no fue capaz de reprimir una pequeña risa.

-Querida, aún no es hora de gemir. No te he tocado donde vale.

Ella asintió, un poco con miedo, casi como si fuera la primera vez que lo hacía no sólo con él, sino con cualquiera. Entonces, Jack regresó sus manos hasta las rodillas de ella, y volvió a acariciar sus muslos, pero esta vez mucho más lento, y desde adentro. No había llegado hasta la línea de las faldas cortas, cuando un escalofrío de excitación recorrió el cuerpo de Frances. Sentía como si los dedos de Jack estuvieran cargados de electricidad, como si mientras más se adentraba entre sus muslos, más rayos salían disparados en todas direcciones debajo de su piel, recorriendo cada centímetro de ella hasta escaparse por la boca en forma de suspiros.

Al llegar al sexo de ella, Jack se detuvo. Tocó alrededor, en lo más profundo de sus muslos, pero sin nunca tocarla "donde valía". Era evidente que quería tentarla, y lo estaba logrando. Frances tuvo que colocar una mano sobre el respaldar de la silla, pues su cuerpo temblaba de tal forma que sentía que se iba a caer. Finalmente, sintió sus líquidos correr entre sus muslos, sin ninguna braga que fuera capaz de detenerla. Jack volvió a sonreír, y fijó su mirada hacia los ojos de Frances, los cuales estaban llenos de explosiones internas de placer que no era capaz de transmitir.

-Ahora si puedes empezar a gemir.

Con esas palabras, Jack acercó su rostro al lugar entre los muslos de ella. Lo primero que ella sintió fue lo que debía ser la lengua de Jack, amplia y húmeda, absorbiendo las gotas que iban saliendo de ella. En una misma lamida, pasó por los alrededores de su sexo, agarrando todo el líquido que fue capaz, para luego adentrarse dentro de ella. Frances sintió la barba carrasposa que le daba una pequeña sensación de cosquilleo entre sus piernas, y luego la lengua que primero entraba dentro de su sexo, para luego separarse y empezar a lamer sus labios inferiores.

Frances empezó a gemir como nunca lo había hecho antes (a pesar de que la sala de la cocina ya había sido testigo de sus sonidos). Había algo en todo aquello que la excitaba más de lo normal, algo que no había sentido la otra noche cuando el caballo la había poseído, algo que sólo Jack tenía, y ella entendió que era al fin. Él conocía su cuerpo, y no sólo las cosas que le gustaba en el campo sexual o cómo tocarla, sino qué era lo que necesitaba. Y en ese momento, ella necesitaba sentirse querida, amada y, más importante, deseada.

Eso era lo que Jack había hecho al rechazar una posible mamada, para ser él quien le diera sexo oral a ella. Cada lamida era una prueba de eso, y Frances no podía dejar de demostrar lo mucho que le gustaba con sonoros gritos de placer. Jack siguió lamiendo cada vez más rápido, mojando por completo cada parte del sexo de ella, pasando su lengua en excitantes movimientos circulares que se asemejaban a dedos que la masturbaban, pero mucho más húmedos. Ella observaba el tejado, pues no era capaz de ver a Jack a los ojos sin acabar enseguida. Aprovechando el momento, mientras que una mano se aferraba a un muslo por el lado exterior, la otra se sintió libre para avanzar. Sin despegarse de ella, pasó su mano por encima de la cintura de ella, en dirección norte. La desplegó por completo, estirando los dedos y dejando que su palma sintiera por completo la piel de ella. Pasó su mano por encima de su abdomen, y presionó ligeramente, sintiendo como con aquel movimiento Frances soltaba un pequeño grito agudo que no fue capaz de reprimir. Aquella presión entre la lengua de Jack sobre su sexo y la palma que presionaba contra su abdomen la hizo sentir una nueva sensación de placer que era nueva para ella. Si Frances tenía un manual sobre cómo tocarla y qué zonas le excitaban, Jack lo había leído, y lo aplicaba con ella muy gustosamente.

Ante esta nueva revelación, Frances se sintió tentada a bajar la mirada. Sentía mucha curiosidad por esa técnica del jardinero, y quería verla en acción. Pero lo que ocurrió fue que sus ojos se cruzaron con los de él. Entonces, pudo grabar en su memoria, igual que él lo había hecho con ella, la imagen que se presentaba ante sus ojos. El jardinero, comiéndose su zona erógena, con los ojos puestos fijos en ella, y con la mano que presionaba su abdomen. Su cabello, su piel quemada por el sol, los ojos color miel, sus fuertes músculos y aún más fuerte la lengua, que no dejaba de presionar contra su sexo. Frances apenas podía aguantarse, a pesar de todo el esfuerzo que significaba para ella.

Entonces, él le guiñó el ojo. Frances no pudo contenerse ante tal gesto. El orgasmo era más fuerte que su capacidad de resistencia, y finalmente se dejó sentirlo. Aquella electricidad del dios del rayo finalmente la recorría por completo, electrocutándola en un éxtasis de placer. Se dejó ir. Sintió los fluidos escapar de ella y cubrir el rostro de Jack. Se avergonzó de ello por un momento, pero a juzgar por la expresión de Jack, a él no le importaba. Incluso parecía saborearlo.

-Divino –dijo, con una de sus sonrisas matadoras-. Me encanta tu sabor.

-Eres… increíble… -dijo Frances, entre pequeños jadeos de placer. Aquella mamada la había agotado, y le había encantado, pero no era suficiente. Aún no se sentía satisfecha.

-No, tú eres increíble –contestó Jack. Se acercó para besarla, y a pesar de que Frances sintió su propio sabor, no le importó. Él había dicho que ella era increíble, y por ello podía sentir como si tuviera un sabor igual de bueno. Jack separó sus labios de ella, y los apoyó al lado de la oreja -. ¿Quieres ir arriba?

-No tienes que preguntármelo –dijo Frances, esta vez siendo ella la que sonreía ante la propuesta- Sólo tienes que follarme de verdad.

12. ESA ÚLTIMA NOCHE

Las ventanas abiertas de la habitación de Frances escupían ventarrones de aire frío que se hacía sentir en las gotas de sudor de su espalda. Era una extraña sensación sentir una parte del cuerpo congelándose, mientras que otra ardía en un movimiento placentero. Su cuerpo se llenaba de dulces contradicciones. Gemía, pero era incapaz de producir sonido alguno. Estaba cansada, pero no podía detenerse. Tantos sentimientos encontrados, tantos pensamientos sobre estar y no estar con aquel hombre que se desplegaba debajo de ella, entre sus piernas. Y, sin embargo, sólo había una cosa que podía y quería hacer: y era montarlo.

Hace unos minutos, Frances había empujado a Jack a su cama. Como ya le habían quitado las bragas, no necesitaba nada más. Se movió entre las piernas de Jack, de forma acechante, dejándose dominar por su bestia interior. Dio un pequeño beso a su miembro mientras pasaba a su lado, para luego seguir hasta sentarse sobre la lanza de su cazador. Ambos obedecían a instintos primales, parecidos a los de dos criaturas que debían follarse hasta la muerte.

Con una sugestiva sonrisa, Frances tomó el miembro de Jack, el cual aún estaba dentro de su ropa interior, aunque a duras penas. Estando tan erecto y crecido por todo lo que se habían tentado con el chocolate derretido, ahora había estirado la tela tanto que ahora dejaba un hueco perfecto para que ella pasara su mano por su abdomen y fuera capaz de agarrar el tallo de su miembro, por la base, sin siquiera tocar la carpa que se abría solo por y para ella. El cuerpo de Jack se estremeció al sentir el contacto de las manos femeninas y delicadas que se aferraban bruscamente a su pene, y ella pudo sentir entre sus piernas aquella electricidad que corría por el cuerpo de su amante.

Sin mucho aviso, Frances bajó la carpa de tela, liberando el miembro que injustamente había sido condenado a permanecer quieto durante una sesión entera de fondue sensual. Ella tomó la cabeza y, aprovechando que ambos estaban lo suficiente mojados para resbalarse con el otro, pasó la punta de la lanza por los labios de la pantera, y ella rugió de placer. Aquella cabeza morada que siempre insinuaba sus intenciones de adentrarse, encendía cada parte de ella en modos que nulificaban todas sus experiencias sexuales anteriores. No podía esperar, ni quiso realmente. Sin ceremonia alguna, dejó que el pene de Jack se deslizara dentro de ella. Fue rápido y fácil, como si estuviera hecha para las medidas de él. Frances respiró con fuerza, mientras sentía la gran vara adentrarse hasta lo más profundo, pulsando durante todo el camino. Dolía un poco, pero le gustaba bastante. Ella se detuvo, intentando asentarse al tamaño de él, dejando que la llenara por completo, acostumbrándose a cada vena de su gran miembro, pulsando dentro de sus cavidades con ganas de explorar.

Sin moverse donde importaba, Frances colocó sus manos a los lados de la cabeza de Jack, inclinándose mientras se acostumbraba a su tamaño. Aprovechando el momento, él se levantó y empezó a besarla. A pesar de lo tierno que era el beso, era una treta para terminar de quitarle el vestido. Una vez que dejaron aquel trapo rojo de lado, Frances se colocó sus manos por detrás para quitarse el sostén, pero Jack la detuvo.

-Aun no –dijo, con un tono de voz misterioso.

-¿Por qué...? –intentó preguntar Frances, pero quedó interrumpida al sentir el pulsando miembro adentrarse un poco más.

Jack parecía tener su propia agenda con ella. Deslizó sus manos por todo el culo de ella, tomándose su tiempo, hasta llegar a la cintura y aferrarse de ella. Quería tener control mientras que él iba moviendo sus caderas para penetrarla desde abajo.

Frances no quería que él la consintiera, no más. Quería ser ella quien tuviera el control.

Con los muslos temblándole por los movimientos de Jack, ella decidió hacer los suyos. Moviendo sus caderas de arriba abajo, empezó a mover todo su cuerpo en una danza sexual por encima del sudoroso cuerpo de Jack. Su culo chocaba contra el grosor de los muslos de Jack, los cuales se tensaban con cada penetrada que daba hacia arriba. Así estuvieron por varios minutos. Ella estaba perdiendo la batalla, y lo sabía. Tenía que mejorar su juego si quería tomar el control. Arqueó su espalda hacia atrás, se dejó sentir las estocadas de Jack dentro de ella, y entonces apretó alrededor de su miembro con sus músculos vaginales.

Aquel movimiento fue suficiente para que Jack acabara enseguida. Frances sintió el blanco líquido llenarla por completo, aunque no se lo esperaba. Pasó una mano por debajo, entre los sexos de ambos, y al subirla observó como se había llenado de semen. No pudo evitar dejar escapar una pequeña risa.

-No pensé que acabarías tan rápido –dijo Frances, pasando la mano por su boca y lamiendo todo rastro de líquido blanco de sus dedos.

-No pensé que fueras a hacer eso –contestó Jack, jadeando con fuerza. Con un último jadeo, sonrió, y Frances sintió que las manos de Jack se aferraban con fuerza a ella-. No me dejas opción. Ahora sí que no me contendré.

Antes de que Frances pudiera preguntarse a qué se refería, sintió el miembro de Jack pulsar dentro de ella nuevamente. Acababa de eyacular, y sin embargo tenía la energía para seguir continuando. No sólo eso, sino que ahora la alzaba unos centímetros en el aire con solo la fuerza de sus dos manos, y la penetraba desde abajo con rapidez. Al principio, Frances se sintió un poco incómoda por el brusco cambio de velocidad, pero sentir aquel gran miembro entrar y salir dentro de ella, lubricado por el semen que se iba esparciendo por entre sus piernas y el abdomen de Jack la hizo tener un orgasmo.

-Jack, de… detente…. –intentó decir Frances-. Estoy

acabando...

Pero el jardinero no se detenía, sino que aumentó la velocidad. Frances volvió a acabar otra vez. Y otra vez. Y una vez más. Sus ojos se voltearon, hasta tenerlos blancos de placer. El miembro iba cada vez más rápido dentro de ella, y se movía como una serpiente que buscaba explorar cada parte íntima de su ser, cada vez más profundo, llenándola, vaciándola y llenándola nuevamente. Frances dejó de gemir, e intentó gritar de placer, pero la voz se le cortaba en la garganta.

Entonces, Jack pasó una mano por la espalda de ella y desabrochó el sostén. Al mismo tiempo que dejaba sus senos en libertad, dejó de arremeter contra ella desde abajo para aferrarse nuevamente a la cintura y dejar que ella bajara y subiera con fuerza. Frances sintió sus senos subir y bajar con la misma intensidad con que bajaban y subían sus caderas. Y cada vez, se sentía más llena de él, más cerca de llegar a un nuevo nivel de éxtasis que no había experimentado antes.

Arqueó su espalda nuevamente, y pasó una mano por debajo de uno de los senos que rebotaban para intentar sostenerlo, aunque no sabía bien por qué, mientras que la otra se fue para agarrarse el cabello en un puño, pues necesitaba tener algo que apretar. Y Jack continuaba arremetiendo contra ella.

-Por favor... Jack... no puedo más... -dijo Frances, cerrando los ojos en blanco y mordiéndose un labio, mientras que cada estocada de Jack le producía un nuevo orgasmo-. Es... es demasiado...

Y con esas palabras, Jack la levantó con tal fuerza que la separó de él. Tras un segundo que Frances estuvo en el aire, cayó sobre su espalda. En unos segundos, Jack estaba encima de ella, pasando su miembro entre los senos de ella. Ella pudo sentir la vara de carne pasar en su pecho, y la punta que ocasionalmente le tocaba la barbilla, pero ella estaba en otro planeta. Aquellos orgasmos múltiples la habían dejado en un estado de nirvana donde no era capaz de percibir con claridad lo que ocurría a su alrededor. Lo último que sintió fue el miembro de Jack que volvía a acabar, esta vez mientras su miembro se refugiaba entre sus senos. Pudo ver la punta morada eyacular, y cómo el semen salía con presión disparado hacia su cuello, su barbilla e incluso parte de su rostro. A Frances no le importaba, e incluso le gustaba. Con ese dulce pensamiento, se desmayó de placer.

****

Los rayos de sol y el calor de un nuevo sol naciente despertaron a Frances. Colocó una mano sobre los ojos para protegerse. A pesar de que se sentía un poco emplegostada, no había mucho rastro del semen de Jack en su cuerpo. El jardinero debía de haberla limpiado muy bien anoche. Se enderezó sobre la cama, recordando con una sonrisa que se había desmayado de placer al recibir múltiples orgasmos, más de los que era capaz de aguantar.

Los ruidos de la ropa removiéndose llamaron su atención. Al voltear el rostro, pudo ver a Jack, quien había traído sus vestimentas desde la sala de estar, donde las había dejado, para vestirse frente a ella.

-Hola, bombón –saludó Frances, con una pequeña risa-. ¿No te quedas para el desayuno?

-Lo siento, Frances –contestó Jack, mientras se acomodaba el cierre del pantalón. Mientras lo hacía, revelaba una triste sonrisa en su rostro-. Pero creo que ya es hora de que me vaya.

Por el tono de voz del jardinero, Frances entendió que significaba algo más.

-¿Qué quieres decir?

-Quiero decir que ya estás curada, y yo ya hice todo lo que podía hacer –contestó Jack. Soltó un suspiro, como si hubiera estado previendo ese momento-. Frances… ya hemos hablado de esto…

-Está bien. Lo entiendo.

Jack se volteó a observar a la mujer con la que se había acostado la noche anterior, y a quien tenía que abandonar ahora. Parecía tranquila, tal vez un poco triste, pero no la histeria que hubiera esperado. Jack entendió que Frances, de una u otra forma, había logrado cicatrizar la herida que le había dejado su marido, y no sería capaz de sentir dolor por la partida de él. Jack sonrió al pensar en ello, y terminó de abotonarse la camisa.

-¿Estás segura?

-Sí, lo estoy. Tú… me hiciste sentir viva de nuevo, y me enseñaste una nueva forma de vivir la vida, libre de las restricciones que yo misma me había impuesto por el Club Esmeralda y por mi matrimonio de mentiras. Estaba perdida, y me enseñaste un camino a seguir. Por eso, siempre te estaré agradecida. Y entiendo que, ahora que has cumplido a lo que viniste, tienes que marcharte.

-No soy material de parejas, Frances. Nunca lo he sido, y si lo fuera, no dudaría en estar contigo. Eres increíble… pero no estoy hecho para el compromiso.

-Está bien. Yo tampoco estoy hecha para eso – contestó Frances con una sonrisa. Jack se acercó y le tomó de la mano. Frances sintió el instinto inmediato de aferrarse a ella-. Pero me alegro de… haberte encontrado.

-Si sirve de algo, fuiste uno de los mejores polvos que he tenido en mi vida.

Frances rio a carcajadas, para luego cubrirse la boca con una mano.

-Estoy segura de que se lo dices a todas las mujeres con las que te acuestas –contestó ella, a duras penas, con la risa aun escapándose entre sus palabras.

-Tal vez. Pero con ninguna de ellas soy sincero. La mayoría están acostumbradas a una sola forma de hacer el amor. Una muy aburrida, por cierto –Jack soltó las manos de Frances, se enderezó y se mantuvo de pie frente a su amante, la cual cubría su desnudo cuerpo con la sábana-. En cambio, tú te has vuelto una mujer liberada de verdad. Fuiste capaz de tomar control de nuestros cuerpos, igual que ahora lo harás con tu vida.

Frances se levantó de la cama, arrastrando la sábana detrás de ella para seguir cubriéndose. Se acercó hasta el jardinero y le dio un beso en una mejilla, y luego apoyó sus manos y su cabeza sobre el pecho de su amante. La sábana cayó al suelo, pero ella no le dio importancia. Tan sólo quería recordar el calor de su cuerpo y cómo se sentía, antes de que él desapareciera.

-¿Volveré a verte? —preguntó Frances, con una voz que parecía a punto de quebrarse.

-Claro que sí. Y si aún estás soltera, prometo follarte de la misma manera que esta noche, siempre que tú también me folles así —contestó Jack, con una sonrisa. Viendo que ella se mantenía aún sobre su pecho, él procedió a abrazarla, y Frances sintió la fuerza de sus músculos a su alrededor, como si la protegieran-. Y si ya no estás soltera, pues, nos tomaremos una cerveza y hablaremos de los buenos tiempos. De cualquier forma, siempre seré tu amigo.

-Te quiero, Jack.

-Y yo a ti, Frances. Y tú amarás a otros hombres, y yo a otras mujeres. Pero busca a quienes tengan una conexión contigo, y no a cualquier tipo con abdominales, y te prometo que serás feliz, estés con quien estés.

Frances sonrió al pensar en ello. Como Jack, no había miles, pero unos cuantos existían y no eran imposibles de encontrar, y sabía que no estaría sola. Al menos, no mientras siguiera en control de su vida y sus emociones, y fuera capaz de dejar ir lo malo y aceptar las curiosidades excitantes del futuro.

Jack y ella compartieron un último beso, uno que Frances no sería capaz de olvidar nunca, y así como vino a su vida, se fue de la misma forma. El jardinero salió de la habitación, y Frances oyó como se iba de la casa por la puerta principal. Una vez que se quedó a solas, se acostó sobre la cama y observó el tejado por varios minutos. Y ahora, ¿qué? ¿Qué podía hacer? Un pensamiento vino a su cabeza, y en seguida sonrió. Pero primero, era necesario hacer las paces con Becky.

Se levantó de golpe, y como un tornado pasó por toda la casa, recorriendo cada una de sus habitaciones, hasta encontrar la cartera que había dejado sobre el sofá la noche anterior. Tomó su celular, y marcó el número de Becky.

-¿Frances? –preguntó su amiga, con voz sospechosa, como si no esperara una llamada de ella.

-¡Becky! ¡Lo siento por lo de la otra noche!

-Hey… está bien… podemos hablarlo en persona, si quieres.

-Voy para tu casa. Lo hablaremos todo, y tú me perdonarás porque eres una buena amiga, y porque yo fui una tonta, y porque tengo una manera de compensarte por todas las veces que has tenido que aguantarme.

-Fran, ¿Qué…?

-¡Becky, haz tus maletas! –gritó Frances emocionada, a través del teléfono-. ¡Nos vamos de viaje! Busca la forma de que tu marido lo acepte.

13. VOLANDO

Pasaron muchos meses y muchos países desde que Frances había vuelto a su casa. Era extraño estar frente a aquella estructura que antes lo había significado todo para ella. Había significado un hogar, y ahora le pertenecía a otras personas.

Sí, había querido ver su vieja casa después de tanto tiempo, pero ya no había nada ahí que significara algo para ella. Había comprado un nuevo apartamento, más cercano al centro de la ciudad, y estaba lista para establecerse. Al menos, por ahora. ¿Quién sabe cuando sentiría ganas de salir a explorar el mundo nuevamente? Por ahora, se conformaría con un trago.

Había intentado llamar a Luc, pero su viejo teléfono parecía haber pasado a manos de otro conductor. Se sintió nostálgica por el hecho de que nunca se despidió de su antiguo chofer y confidente de intimidades, pero supuso que esa era una razón más para ir a un bar.

Una vez que el nuevo conductor apareció, ella se montó en el taxi. Cuando le preguntaron por una dirección, solo un lugar se apareció en su cabeza.
        -Lléveme al bar Le Monz, por favor.

El conductor asintió con la cabeza. Lo buscó por el GPS de su celular, y en poco tiempo estuvieron ahí. Frances le agradeció al conductor, y le dejó una buena propina. Él sonrió, pues no esperaba recibir tal agradecimiento, y tras desearle un buen día, desapareció de su vista.

Frances se enfrentó nuevamente al bar Le Monz. Había pasado demasiado tiempo desde la última vez que había estado ahí, pero no tanto como para olvidar que ese era el lugar donde había conocido a Jack. Aspirando aquel aire nostálgico, entró al bar y se sentó en una de las mesas. Apenas tuvo la oportunidad, llamó a una de las camareras, y pidió un vaso de cerveza negra, a la cual le había agarrado el gusto en sus viajes. La camarera asintió, y en tan sólo unos minutos, tuvo el vaso frente a ella.

Al sentir el sabor de aquella cerveza espesa pasando por sus labios, se transportó a un mundo de recuerdos. Pensó en las aventuras que había vivido con Becky. En cómo había hecho un tour por Europa, como habían viajado desde Francia hasta Italia a pie, tan sólo haciendo de autoestopistas. Se rio al pensar en el incidente del camión de ovejas, en las que ella y su amiga habían tenido que viajar con los animales, y el conductor se había olvidado de que estaban ahí. Habían pasado la noche encerradas, y para cuando el camión se detuvo, estaban en un pueblo desconocido. Recordó con mucho cariño esos paisajes que exploraron, que la hicieron sentir viva. Y claro, los hombres que conoció en el camino.

Sí, no pudo evitar morderse el labio al pensar en Johan, el bartender del bar de aquel pueblo perdido. Tenía unos ojos divinos, y el rastro de barba naranja la había enamorado en cada momento que entró en contacto con su piel. Pero sobre todo, había amado la conexión entre los dos. Al bartender también le había engañado su exesposa, por lo que habían encontrado un terreno en común con facilidad, y de ahí al baño del local había sólo un paso.

Becky la había pasado tan bien en esa aventura que se había quedado un rato más. Qué excusa le habría dado a David, Frances lo ignoraba, pero sospechó que al esposo de su amiga tampoco le importaba mucho donde estuviera su mujer. Fue ahí donde las dos se despidieron, con muchas lágrimas, y con la promesa de volverse a ver cuando Frances volviera para visitar a Johan.

Continuó reflexionando de su vida, especialmente de los últimos meses. -¿Me convertí en una puta?- pensó. Luego de unos segundos se dijo a si misma... "sí y seré una puta eterna, pero conmigo misma, porque mi espíritu es libre y ya no está atado a los cánones de la sociedad".

El recuerdo de las aventuras a lo desconocido, su amiga Becky y antiguos amantes formó una extraña imagen en la mente de Frances. Al observar sobre la barra, vislumbró una silueta que conocía. Un jardinero, de los tiempos de antes, cuando ella era la señora de un hogar. Frances le sonrió a esta imagen, y la imagen le sonrió de vuelta. Al ver como la silueta levantaba su vaso de cerveza para saludarla, Frances entendió que no era su mente nostálgica. Se mordió el labio otra vez, pensando en que dejaría de visitar sus recuerdos y haría unos nuevos.

$\approx$ FIN $\approx$

OTROS LIBROS:

Bellaka Plus

Julia, una mujer exitosa y adicta al sexo, acude a un reconocido psicólogo para solicitarle ayuda con un caso nunca antes visto en su carrera. A lo largo de la terapia, Julia descubre que la razón principal por la que ha acudido a consulta no es la única cosa de su vida que debe ser sanada. Mientras, su psicólogo descubre que tiene más implicaciones en el caso de su paciente de lo que inicialmente imaginó.

Puta a los 40+

Luego de pasar 47 años bajo la sombra de un modelo de vida conservador que le obligaba a mantener celibato, y tras comenzar una vida nueva lejos de la presión familiar, Elena Casañas decide que es momento de comenzar a hacer las cosas diferentes. En el camino, se encuentra con nuevas formas de disfrutar de sí misma, forma lazos personales imborrables y descubre todas las cosas buenas que el sexo había estado preparando para ella. Pero, también se da cuenta de los choques personales que puede generar un cambio de paradigma, mientras todavía aprende a lidiar con lo que significa su nueva vida.

Ese Pervertido y Yo

Un extraño, para nada de su tipo, hace que Esther viva las experiencias más eróticas de su vida. Lo extraño es, que ese extraño, no es tan extraño como ella pensaba.

Travesuras en el Trabajo

¿Quién diría que hay tanto sexo a escondidas en lugares de trabajo? Margaret trabaja como editora de artículos de una revista. Cuando un compañero de trabajo le pide ayuda para seguirle la pista a un misterioso adinerado, Maggie tendrá que salir de la comodidad de su oficina y entrelazarse con una serie de situaciones y personajes, todos relacionados con un mundo sexual esotérico, tan abierto a los demás y tan inalcanzable para ella.

Ponte en 4 y Relax…

Una maestra de yoga tiene un talento especial para trabajar con problemas de amor. Pero ese talento le está causando problemas a nivel psicológico, romántico y sexual… quizás ya es muy tarde para resolver.

Puta y Perfecta

Dos hermanas emprenden un viaje para conocer secretos sobre la sensualidad y los placeres de la vida, aprender a ser unas diosas en la cama. Pero una de ellas tenía motivos ulteriores y a medida que va avanzando la trama, más cerca estaba de lograr su cometido.

www.ingramcontent.com/pod-product-compliance
Lightning Source LLC
Chambersburg PA
CBHW070312120726
47910CB00007B/2445